최지은 에세이

우리의 여름에게

최지은 에세이

창비

차례

1부

여름에 만난 아이

자랑 같지만,

잘 모르는 사람과 식사를 약속할 때면 먼저 묻곤 합니다. 그러니까 잘 모르지만, 서로 좋아하는 사이에서요.

―혹시, 못 드시는 음식 있으세요?

무언가를 싫어하는 이유를 알게 되는 건 시간이 필요합니다. 싫은 이유를 설명하는 건 때로 까다롭고 복잡하고요. 내가 왜 그걸 싫어하는지 이유를 찾아 마음을 들여다보는 건 나 자신에게조차 번거로운 일이니까요. 그런 까닭에 세세한 사정까지는 알지 못해도 싫어하는 게 무엇인지 아는 것만으로도 그 사람과 바투 가까워지는 느낌이 들기도 합니다. '아, 이런 걸 싫어하는구나. 아, 그런 걸 무서워하는구나. 그렇다면 내가 조금 더, 조심해야지' 하고. 마음을 쓰고 싶은 사람을 만나는 건 귀하고 드문 일이니까요.

　　조금 가까워지는 기분으로, 오랫동안 제가 먹지 못했던 음식 이야기를 해볼까 해요. 단순한 기호나 취향, 건강이나 신념과는 무관하게 오랫동안 피하고 싶던 여름 음식, 오이지에 대한 이야기입니다.

　　유년의 모든 날이 가난했던 건 아니지만 아버지가 집을 비우고 생활이 어려워질 때면 끼니를 걱정해야 하는 날도 있었습니다. 쌀이 부족해 밀가루를 반죽해 만든 수제비로 끼니를 때우던 적도 있었으니까요. 제 기억 속의 할머니는 언제나 먹을 것을 염려했어요. 어떻게든 한번씩은 고기 반찬을 상에 올리려 애를 썼고요. 크는 애들은 고기를 먹어야 한다고, 사람이 기운을 내려면 고기를 먹어야 한다는 얘기를 꼭 덧붙이면서요.

　　하지만 저는 밥상에 올라오는 고기를 좋아하지 않았습니다. 할머니가 구할 수 있던 값싼 고기는 잡냄새가 나거나 뼈가 씹혔거든요. 할머니의 근사한 요리 솜씨에도 가려지지 않는 값싼 고기의 맛은 여러가지로 마음을 불편하게 했습니다. 차마 투정 부릴 수 없었지만 고기를 떠올릴 때면 밀려오는 서글픔을 지울 수 없었어요.

　어려서부터 비위가 약하고 종종 어지럼증에 시달린 까닭에 할머니는 제가 먹는 음식에 더 신경을 쓰곤 했습니다. 가끔 친척어른들은 찬이 마음에 들지 않아도 밥을 잘 먹으라는 당부를 했는데, 제가 밥을 남기면 가난한 살림에 할머니의 수심이 더 깊어진다는 것이 이유였습니다. 할머니가 해주는 모든 음식은 제게 근사했지만, 그런 마음만으로 냄새나는 고기를 아무렇지 않게 먹을 수는 없었고요.

　열두어살쯤, 어느 봄날을 기억합니다. 학교에서 돌아왔을 때 할머니는 늦은 점심을 하고 있었습니다. 물에 만 찬밥에, 종지에 올린 오이 반찬이 전부였습니다. 어쩐지 상큼하고 시원해 보이는 밥상에 저는 밥 한공기를 떠 와 할머니 앞에 앉았습니다. 찬물을 붓고 함께 얹어 먹은 오이 반찬, 시원하고 상큼하고 아삭했습니다. 양념을 따로 하지 않은 오이지였어요. 짜지 않고 깨끗한 맛이 나는 오이지. 저는 그 자리에서 밥 한공기를 다 먹었습니다. 할머니는 오이지 하나를 두고도 잘 먹는 저를 보며 조금 기특해하기도, 조금 애틋해하기도 했고요. 그후로 밥상에는 오이지가 빠짐없이 올라왔습니다. 푸릇하고 깨끗하고 향긋한 오이지가.

　그러던 어느 날, 제법 더위가 깊어진 여름 새벽이었습니다. 이른 새벽에도 푸른빛이 환하게 방 안을 메우는 더운 날이었어요. 무언가 부스럭거리는 소리에 잠에서 깬 저는 뒤척이고 있었습니다. 반복되는 소리에 무거운 눈꺼풀을 겨우 뜨고 방을 둘러보았을 때 희미하게 할머니가 보였습니다. 할머니는 문가에 앉아 선풍기 바람을 쐬며 부채질을 하고 있었어요. 아직 잠이 다 깨지 않은 저는,

　—할머니, 왜 잠을 안 자.

　짜증 섞인 목소리로 투정을 부리고 다시 잠을 청해봤지만 부채질 소리는 계속됐습니다. 저는 다시 찡그린 얼굴로 할머니를 돌아보았습니다. 그때 할머니의 얼굴, 민소매 밖으로 드러난 두 팔, 목과 가슴에 둥그렇고 커다란 물집. 주먹만 하고 불투명한 물집이 할머니의 온몸을 뒤덮고 있는 걸 보았습니다. 잠결에 너무 놀라

　—할머니, 뭐 해? 뭐야? 왜 그래?

　물었지만 할머니는 놀라지 않고 아직 새벽이니 조금

더 자라고 답할 뿐이었습니다. 이어서 조그맣고, 미안한 목소리로

　　—그런데, 날 밝으면 병원에 좀, 같이 갈래? 좀 덮어, 내가. 소금물에……

　　할머니는 저에게 부탁을 하고 있었습니다. 저는 너무 놀라고 또 화가 나 벌떡 일어나 앉으며 할머니를 다시 바라보았습니다. 왜 바로 깨우지를 않고 그렇게 앉아 있었냐고, 할머니를 다그치며. 그때 할머니는 하나의 커다란 물방울 같았습니다. 금방이라도 터질 것 같은 아주 커다란 물방울. 곧 무슨 일이든 일어날 것만 같이 커다란 무언가가 눈앞에 있었어요.

　　저는 어떻게 해야 하는지 알 수 없었습니다. 당장 무엇을 해야 하는지, 병원을 간다면 어느 병원에 가야 하는지, 병원비는 어떻게 해야 하는지, 저는 정말 아무것도 몰랐습니다. 그때 이상한 냄새가 훅 끼쳐왔습니다. 무엇을 해야 하는지 정신을 차리려는 그 순간부터, 화상을 입은 할머니의 몸에서 냄새가 나기 시작했습니다. 그 냄새 때문에 저는 더 미칠 것 같았습니다.

일단 집 근처에 있는 병원으로 혼자 달려갔습니다. 한방병원이었습니다. 무엇이라도 해야 할 것만 같았으니까요. 새벽이었지만 그날은 왜 그렇게도 덥고 습했는지, 숨이 쉬어지지 않을 만큼 공기가 무거웠습니다. 그곳은 아주 큰 병원이었지만 점등도 채 되지 않아 어둑했고 지나다니는 사람도 없었습니다. 계속 기웃거리다 간호사처럼 보이는 사람을 붙잡고 대뜸 물었습니다.

—뜨거운 물에 데었는데, 여기로 오면 돼요?

—뜨거운 물? 다쳤니? 네가 다친 거야?

—할머니. 할머니요. 집에. 할머니가 소금물에.

그제야 눈물이 날 것 같았습니다. 잠에서 깨자마자 마주한 할머니의 모습이 너무 처참해서, 그걸 보고도 아무것도 할 수 없는 내가 한심해서, 어쩌면 눈앞에 있는 이 어른은 나를 도와줄지도 모른다는 생각에 그만, 울어버리고 싶었습니다.

상황을 파악한 간호사는 이곳에서는 화상을 치료할 수 없으니, 급하다면 구급차를 불러야 한다고 일러주었습니다. 그전에 다른 보호자가 있는지를 먼저 물었지만 제가 무어라 대답했는지는 기억나지 않아요. 그때 저는 휴대전화가 없었으니까, 다시 집으로 달리기 시작했습니다. 너무 이상했어요. 저는 불꽃처럼 달리고 있는데, 온 힘을 다해 힘껏 달리고 있는데 모든 것이 너무 느리게만 느껴지고 온몸이 무겁고 호흡이 가쁘고 세상은 수채화처럼 흐릿하기만 했습니다. 어쩌면 이것이 꿈인가 싶을 만큼 온 세상의 공기는 가짜처럼 무거웠어요. 그 여름 새벽의 느려짐, 흐려짐, 무거움은 지금도 거짓말처럼 생생한데요.

그사이 날은 조금 더 밝아왔고 저는 할머니에게 친척 어른에게 전화를 해야 한다고 말했습니다. 병원에 가야 한다고, 이렇게 참을 일이 아니라고. 화를 내고 부탁을 하고 호소하면서. 저 역시 불꽃 속에 들어앉아 있는 것 같았으니까요. 할머니는 당신의 자식인데도, 주저했습니다. 괜히 귀찮은 일을 만들었다며. 그때 제 마음은 무엇이든 다 태울 것만 같았습니다. 불꽃은 자신의 뜨거움을 어떻게 견디는 걸까요. 저는 제 마음을 어떻게 견뎌야 하는지 알 수 없었습니다. 이내 친척어른에게 전화를 걸었고, 그후로는……아무것도 기억나지 않습니다. 다시 이어지는 기억은 할머

15

니가 그 도시에서 제일 큰 병원에 입원을 했고, 온몸에 붕대를 감싸고 남은 여름을 다 보내야 했다는 것이에요.

수업이 끝나면 할머니를 만나러 병원으로 향하며, 저는 물방울만을 생각했습니다. 어쩌다 할머니는 커다란 물방울이 되어버린 걸까, 사람의 몸은 어쩜 이다지도 약하고 투명한 껍질에 싸여 있을까, 물에 소금이 섞이면 얼마나 더 뜨거워질까, 그때 그 냄새는 할머니의 살 냄새였을까, 그리고 오이지. 다시는, 절대, 오이지 같은 건 먹지 않을 거라고 다짐했습니다. 할머니 몸에 달려 있던 화상 수포와 오이지의 아삭하고 질겅이는 느낌, 나쁜 고기를 먹을 때의 구역감과 새벽녘 맡은 살 냄새가 뒤섞이며 내내 저를 따라다녔습니다.

그 새벽 할머니는 저에게 먹일 오이지를 만들다 사고를 입은 거였어요. 끓인 소금물에 바로 오이를 절이면 더 아삭한 오이지가 된다는 걸 어디선가 듣고, 새벽부터 소금물을 끓였던 거예요. 조금이라도 더위를 피하기 위해 이른 새벽 큰 솥에 소금물을 끓이고, 혼자 무거운 솥을 들어 옮기다 그만 뜨거운 물을 온몸에 뒤집어쓰고 말았던 거예요.

오이지, 그 오이지 때문에. 더 아삭한 오이지를 해 먹이려고, 겨우 그 오이지 때문에요.

오이지와 물방울. 그리고 그 살 냄새. 저를 뒤따라 다니던 여름의 냄새는 그런 것이었습니다. 가끔씩 누군가 정성껏 만든 오이지 반찬을 챙겨 보내올 때에도 그것만은 뚜껑 한번을 열어보지 않고, 냉장고 깊숙이 넣어두고 말았습니다. 몇달이 지나 이쯤이면 버려도 된다고 생각하면서, 뚜껑을 열고 반찬통을 엎으며 '미안합니다, 미안합니다' 속으로 사과를 하곤 했어요. 미안합니다.

할머니는 여름 내내 병원에 머물렀습니다. 의료진은 할머니 피부가 워낙 건강해 놀랍도록 회복이 빠르다며 흉터 없이 잘 아물 거라고, 보호자인 저를 안심시켜주곤 했고요. 할머니는

─오히려 피부가 한번 싹 벗겨져서, 더 뽀얗고 깨끗해질 겨. 이제는 아픈 것도 읎써.

저를 달래곤 했습니다. 할머니의 말대로라면 할머니는 단 한번도 아프지 않았어요. 모든 것이 거짓말 같은 여름이었습니다.

할머니는 조금 고르지 않고, 붉은 상처를 가지게 되었습니다. 큰 사고에 비해 상처는 비교적 빠르게 아물었다지만, 그 여름의 물방울을 저는 잊을 수 없었어요. 세상에 이렇게 맛있는 오이가 있다니, 이렇게 달고 새콤한 여름의 맛이라니, 밥 한공기를 뚝딱 먹었던 기쁨마저 저를 때리는 것 같았거든요. 아삭한 무언가를 깨문 것처럼, 마음속에서 한순간 무언가가 부서진 것 같았습니다.

이게 다 무슨 이야기일까요.

이토록 지독한 여름은 다 무엇일까요. 줄곧 그 여름을 나 혼자 묻어두고, 꺼내보고, 또 한겹 덮어두는 동안, 이 무서운 이야기는 저에게 그냥 사랑이었습니다. 어느 날 아침 물방울이 되어버린 할머니나 오이지라면 목구멍이 아리도록 가슴이 막혀오는 나나 그냥 우리는, 다 사랑이었어요. 할머니와 나의 사랑이 이렇게 뜨겁고 애달프다고. 그 지독한 사랑을 받은 아이가 나라는 사실, 더없이 귀한 사랑을 받은 사람이 나라는 분명한 사실을 잊지 않고 기억했습니다.

그러니까 이 사랑 이야기에 온통 상처만 남아 있지는 않다는 거예요. 요즘에도 저는 꿈을 꿉니다. 사랑하는 사람에게 밥을 해주는 꿈. 재료를 하나하나 고르고 장바구니에 가득 담은 찬거리를 무겁게 들고 와, 채소를 다듬고 물을 끓이고 도마를 씻고 또 칼을 닦아 정성껏 밥을 해 먹이는 꿈. 단 한번이라도 할머니에게 밥을 해드릴 수 있다면 얼마나 좋을까 하고. 제일 귀하다는 제철 재료를 사서 가장 좋은 솥에, 가장 좋은 소금으로, 가장 예쁜 그릇에 담아낸 밥을 해드릴 수 있다면 더없이 좋겠지만. 지금 곁에 있는 사랑하는 사람들, 그들에게 먼저 밥을 해 먹여야지 하고. 정성 가득한 밥 한끼를 대접해야지, 다짐하곤 합니다. 근사한 밥을 해 먹이고 싶은 사람 중에는 나, 제가 있고요. 저를 잘 먹이고 돌보고 살피겠다고 마음먹습니다.

좋아하는 사람을 만나면 밥을 해주고 싶다는 생각을 하곤 합니다. 한끼 식사를 위해 집을 치우고 장을 보고 그릇을 닦으며. 몸에 좋고 마음에 좋은 음식을 대접하고 싶다는 생각을 해요. 이 편지를 쓰고 있는 시간은 새벽 2시 13분. 밥을 하기엔 너무 늦은 시간이고. 밥을 해주고 싶은 마음에 대해 시를 써야겠다고 혼자 생각합니다. 이게 다 무슨 이야기냐고요?

사랑을 한다는 이야기죠. 지금 떠오르는 사람들에게, 흰밥처럼 새하얗고 깨끗한 마음을 주고 싶다는 이야기입니다. 자랑 같지만, 너무나 크고 깊은 사랑을 받았기에 어떻게든 이 사랑을 나눠주고 싶다는 말이에요. 자랑 같지만, 사랑을 하고 있다는 말이고요. 갈수록 저는 더 알 것 같거든요. 제가 받은 사랑이 무엇인지, 제가 지닌 사랑이 얼마나 강한 것인지. 할머니가 제게 먹이고 싶었던 것이 무엇이었는지 이제는 알 것 같아요.

할머니는 제 마음을 다 아시겠지요. 그리고 당신도 꼭 제 마음처럼 아실 거라고 생각해요. 쉽게 지치면 안 되는 여름이 다가옵니다. 또다른 여름, 강건하게 마음을 지키기로 해요. 무슨 이야기인지 다 아실 거라고 생각해요.

그럴 때 우리의 사랑은
조금 더 나아가고요

　　여기 하나의 돌멩이가 있습니다. 제가 '돌멩이'라고 말하는 순간, 머릿속에는 각자의 상념으로 빚어낸 돌멩이의 이미지가 떠오르겠죠. 잠시, 그 돌멩이를 봐주세요. 돌멩이는 제 손바닥 위에 있습니다. 손에 쥘 수 있고요. 무게가 있고 빛깔이 있고 살갗에 문지르면 살짝 거친 느낌이 듭니다. 그려지나요. 코끝에 가까이 대고 깊이 숨을 들이마셔봅니다. 나무 냄새가 나는 것 같다가도 따뜻한 햇살 냄새가 납니다. 삼나무 정도면 어떨까, 화창한 오월 이른 오후의 햇빛은 어떨까요. 서로의 기억과 경험 속에서 떠올릴 수 있는 무게와 빛깔과 향기를 두고. 한번 더 들이마시는 돌멩이 향기. 오늘은 이 돌멩이에 대한 이야기를 해보겠습니다.

한글을 배우기 시작했을 때를 흐릿하게 기억합니다. 처음은 나의 이름을 읽고 쓰는 것. 다음으로 할머니의 이름, 아빠, 언니, 돌아가신 할아버지, 큰아빠, 큰엄마, 작은고모, 작은고모부…… 가족들의 이름을 익히기 시작했습니다. 엎드려 누워 그림을 그리거나 글씨 쓰는 흉내를 내는 어린 저에게 할머니는 종종 "할머니 이름이 뭔지 알아?" 묻고 제가 이름을 써 보이면 "큰아빠 이름은 뭐지?" 하며 또다른 이름을 물어왔습니다. 가족의 호칭이 아니라 이름을 기억하는 것, 호칭과 이름을 연결하는 것, 그리고 나의 손으로 한 사람 한 사람의 이름을 적고 잠시 바라보는 것. 그것이 할머니와 나의 단란한 놀이였습니다. 가족의 이름을 읽고 쓸 수 있게 되었을 때 아마도 저는 그전보다 조금 더, 가족이라는 관계에 대해 생각하게 되었을 거예요. 가장 먼저 배운 글자가 가족의 이름이라는 것만으로도 우리 사이엔 뭔가 특별한 것이 있다는 것을 어렴풋하게나마 느꼈을 테니까요.

글을 읽게 되면서 집 밖을 나서면 온갖 간판의 글자를 소리 내어 읽었던 기억이 납니다. 제가 소리 내어 글자를 읽어낼 때면 곁에 있던 할머니가 기뻐했던 기억도 납니다. 할머니가 좋아했기 때문에 저는 부지런히 세상의 글자를 찾고, 일부러 소리 내어 읽었던 것이 아닐까 싶어요. 그것이 다섯살의 사랑이 아니었을까 싶습니다.

요즘도 집 밖을 거닐 때면 곳곳에 숨어 있는 문장을 수집합니다. 집 근처에 중고제품을 사고파는 작은 가게가 있었는데요. 물건에 덧붙인 설명을 읽느라 그 앞을 서성이던 기억이 납니다. '흔들의자 이야기하신 분 들어오세요' 같은 메모들. 흔들의자 이야기라. 흔들의자에 앉으면 시작되는 이야기를 혼자 지어내며 남은 산보를 이어가는 것이 좋았습니다. '이곳에 쓰레기를 버리지 마시오'라는 경고문 옆에 '두려워 말라'라는 경구가 적힌 커다란 액자가 버려진 것을 보고 쓰레기란 과연 무얼까 엉뚱한 고민을 이어가기도 했고요. 2019년 여름, 어느 세탁소 앞을 지날 때였습니다. 창문에 붙어 있는 바랜 종이에 쓰인 '2018, 모든 소원이 이루어지길'이라는 글씨가 눈에 들어왔습니다. 글의 주인을 모르고 그의 소원도 모르지만, 저는 2019년의 여름 한가운데에서 그것을 소망하고 있었습니다. 어쩌면 새해 소원이란 누구에게나 비슷하고 한결같을지도 모른다는 생각을 덧붙이면서요.

하나의 단어는 그보다 조금 더 긴 이야기를 불러옵니다. 하나의 세계를 열어주고요. 쉽게 드러나지 않는 마음을 보여줍니다. 하나의 언어를 익히고, 단어의 뜻과 쓰임을 알고, 그것을 구사할 수 있게 되는 것은 하나의 세계를 품을 수 있게 되는 것입니다. 그로부터 온갖 경험에서 건져 올린 나의 기억을 세계 속에 채워 넣으며 다채롭고 풍요롭게 나를 꾸려가는 것이겠죠. 자신만의 사전 속에 세상이 부여한 의미와는 또다른, 스스로 정의 내린 의미와 이야기를 만들어가면서요. 또다른 정의를 계속해 만들어내는 사람은 다른 사람의 세계 또한 더 풍성하게 바라볼 거라고 생각해요. 한편 어쩌면 누구에게나 영영 가질 수 없는 단어 하나둘쯤 있을지도 모르겠습니다. 허락되지 않은 세계. 그것이 무엇인지를 영영 이해하지 못하며, 모르기 때문에 상상할 수 없고, 모르기 때문에 더 붙들리고 마는 이상한 끌림으로 끝내 벗어날 수 없는 세계. 물론 저에게도 영영 다가설 수 없는 단어, 들어설 수 없는 세계가 있습니다. 바로 '엄마'라는 세계.

아버지와 어머니는 제가 세살이 되던 해에 헤어졌습니다. 세살은 무언가를 기억하기에 너무 어린 나이라 저는 어머니에 대한 기억이 전혀 없습니다. 아무도 어머니에 대한 이야기를 들려주지 않았기 때문에 어린 저는 그것이 무엇인지 알지 못했고, 모르는 것이 오히려 당연하고 자연스러웠습니다. 어머니가 필요하다는 것조차 느끼지 못했기 때문에 어머니가 없어 슬프다거나 이상하다는 생각을 해본 적도 없었습니다. 집에서 어머니에 대한 이야기를 꺼내지 않는 것은 무언의 약속이었고, 그건 우리 가족이 서로를 존중하고 배려하는 방식이었습니다.

하지만 약속은 가끔 깨어질 때가 있죠. 할머니 곁에서 얕은 잠에 들어 있던 아홉살의 밤, 저는 아버지의 울음소리에 잠에서 깼습니다. '아버지가 운다, 우는 아버지를 할머니가 달랜다, 무언가가 잘못되었다' 단숨에 눈치챘습니다. 아버지가 말했습니다. 어머니가 결혼을 한다고. 할머니는 술에 취한 아버지를 달래면서도 제가 깰까 걱정하며 아버지와 대화를 이어갔습니다. 아버지는 여전히 울고 있었습니다. 심장이 붉게 뛰었습니다. 깨어 있다는 것을 들킬까 겁이 났습니다. 어머니가 결혼을 한다? 제게는 그것을 이해할 수 있는 세계가 없었습니다. 어머니의 결혼 소식보다 아버지의 울음이 무서웠고, 어른들의 비밀을 알아챘다는 것이 두려울 뿐이었습니다. 그저 다시 잠이 나를 찾아오기를, 어서 잠이 나를 덮쳐오기를 숨죽여 기다렸습니다.

　어디에고 언제고 이 이야기를 꺼내본 적 없습니다. 때로 저 자신도 알아채지 못하도록 잘 감추어두었으니까. 언젠가 내가 사라지고 나면 완전히 사라질 비밀을 이제 와 고백하는 이유를 알지 못합니다. 스스로조차 납득할 수 없습니다. 다만 여전히 두렵다는 것을 저는 받아들입니다. 아버지가 어머니의 새로운 사랑 앞에 눈물을 흘렸다는 고백이 폭로 같아 두렵고, 어머니와의 이별로 아버지의 우울이 깊어졌을지 모른다는 단순한 추측과 언젠가 어머니가 이 문장을 발견할지도 모른다는 허상마저 두렵습니다. 이 두려움은 제 가슴속의 하나의 돌멩이, 만질 수 있으나 이름을 모르는 하나의 광물로 느껴집니다.

　그 밤에도 저는 부지런히 배우고 있었어요. 귀가 없고

눈이 없고 쉬 깨어나지 않는 깊은 잠을 자는 사람, 눈에 띄지 않는 사람이 되는 법을. 투명의 세계를. 아홉살의 사랑은 그런 것이었습니다.

아버지와 할머니의 비밀 대화를 엿들은 뒤에도 어머니가 밉지 않았습니다. 사춘기를 지나며 종종 어머니가 떠오를 때가 있었지만, 사랑을 하는 어머니는 건강하고, 사랑을 하는 어머니는 기쁨을 알며, 사랑을 하는 어머니는 자유롭다는 사실이 근사하게 느껴지기까지 했습니다. 어머니에게는 '그녀'의 삶이 있다, 혼자 되뇌고 말 뿐이었습니다. 나의 불행과 어머니의 부재를 연결하지 못했습니다. 나는 어머니의 이름을 알지 못했고, 어머니의 이름을 나의 손으로, 나의 글씨로 받아 적어본 적 없으니까. 단 한번도 "엄마"라는 말을 소리 내어 불러본 적이 없었으니까요.

나에게 어머니는 '없는 세계'였습니다. 나의 세계는 어머니의 부재로 일그러지거나 구멍 뚫린 불완전한 세계가 아니라, 애초에 어머니가 존재하지 않는 것으로 완전하고 완벽하게 구성된 것이었습니다. 흠이 없는 것이었습니다. 물론 학창 시절 내내 어머니의 부재는 저를 공격했지만요.

어머니가 없다는 사실만으로도 누군가 나를 미워할 수 있다는 것을 배웠고, 어머니가 없다는 것이 누군가 나를 동정하고 불쌍히 여기며 낮추어 보는 이유가 될 수 있다는 것도 배워야 했습니다. 학교를 졸업하고 스물이 되고 서른이 넘고 마흔이 가까운 요즘에도 종종 어머니가 없다는 것이 나를 곤란하게 할 때가 있습니다. 나는 그런 것이 놀랍습니다. 여전히 어머니와 아버지의 존재 혹은 부재가 나라는 사람의 커다란 부분이 되어, 나를 설명하고 바라보는 하나의 시선이 된다는 것이 아찔하게 놀랍습니다. 어머니와 아버지의 존재는 한 인간에게 지나치게 거대하고 강력하다는 생각이 들어요. 저로서는 그건 무언가 잘못된 것이 아닌가 생각하고, 홀로 산책을 이어갈 뿐이죠.

그러다 어느 저녁 문득, 아무 이유도 없이 화장실 거울 앞에서 소리 내지 않고 입술을 조금 움직여 '엄마'를 불러본 적 있습니다. 그때 나는 대상이 없는 그리움을 만졌습니다. 그로부터 어머니가 바라보았을 하늘, 언젠가 어머니의 몸을 만졌을 바다, 그 어디쯤 어머니가 소리 죽여 눈물을 흘렸을 여름이 나의 세계로 흘러 들어왔습니다. 그렇게 나의 하늘과 바다와 여름이 광활해진 것입니다. 그 모든 하늘과 바다와 여름 속에서 어머니를 느꼈습니다. 끝내 어머니를 '그녀'라고 옮겨 적을 수 없는 나의 한계로. 이 모든 이야기를 겨우 '나의 돌멩이 이야기'라고 옮겨 적을 수밖에 없는 나의 세계에서. 나는 나의 몸을 느끼며 '어머니'를 생각합니다.

어머니의 사랑을 응원하던 어린 나는 어디로 가버렸을까. 시시로 저는 그 아이의 세계가 궁금합니다. 그것을 감추고 묻고 외면하고 덮어두는 것만이 스스로를 지킬 수 있는 유일한 방법이었던 그 아이를 어떻게 바라보아야 할지 아직은 배우지 못했고요.

어머니라는 세계의 부재로 인해 저는 이 모든 것을 손안에 쥐고 있습니다. 여전히 배워야 할 것이 무궁한 모름의 세계까지 나의 손에 있습니다. 앞으로 이 돌멩이는 어떻게 달라질까요. 변화의 가능성마저 손에 쥐고. 이런 것을 적어내려가는 오늘 밤은 하필 봄이 가깝고, 나의 고백은 두렵고, 나는 나의 문장을 미워하고, 나를 이해합니다.

누구나 오직 자신에게만 이해받을 수 있는 순간이 있

습니다. 누구도 대신할 수 없는 나의 몸으로, 나의 언어로, 나의 세계로, 나의 무게를 받아들여야 하는 순간이. 그럴 때면 '없음'의 자리에서 건져 올린 것들이 하나하나 떠오릅니다. 없음에서 주워 올린 마음. 오직 부재를 통해서만 획득할 수 있었던 마음. 없어서 구할 수 있었던 마음. 이런 건 무어라 이름 붙여주어야 할까요. 하필 나와 비슷한 돌멩이를 쥐고, 봄이 가까운 깊은 밤 잠들지 못하는 나를 닮은 사람을 떠올릴 때면 나는 더 솔직해지고 싶어지는 거예요. 더 용기 내고 싶습니다. 도망치지 않고 나의 단어를 찾아가면서요.

보이지 않는 나의 돌멩이를 당신 손에 쥐여줄 수는 없겠지요. 그렇지만 잠시 상상해볼 수 있을 거예요. 아홉살의 밤 아버지가 흘린 눈물을 나 혼자 두고두고 상상해보았듯이. 아버지의 사랑을 꿈꾸고 만지고 아버지를 아버지가 아닌, 사랑에 아파하는 한 사람으로 온전히 바라볼 수 있게 되었듯이. 모든 어린이에게 모든 언어를 쥐여주고 자기만의 언어를 주워 올리기를 소망하면서. 나는 부지런히 배워갈 거예요. 조금 늦더라도 의심하지 않으며. 그럴 때 우리의 사랑은 조금 더 나아가고요. 오직 스스로 지켜야 하는 나 자신을 향한 사랑으로부터. 하여 나는 두려움을 아는 내가 좋습니다. 나의 문장을 미워하는 나를 지지하고요. 그것이야말로 나는 나를 사랑한다는 증표라는 것을 조금씩 알아가고 있으니까. 어머니가 아니고, 아버지도 아니고, 그 누구도 아닌 나만이 나를 포기하지 않고 사랑한다는 것을 알아가고 있으니까요.

종종 약속이 깨어지더라도, 깜박 잊더라도, 저버리지 않았으면 좋겠습니다. 나를 향한 나의 사랑은 한번도 멈춘 적이 없다고, 돌멩이가 간직한 '나'의 이야기를 수집해주길 바랍니다. 내가 돌멩이를 만질 때, 돌멩이도 나를 만집니다.

돌멩이. 이 고요의 이미지.

평화와 생존을 구하는 침묵의 부드러움으로. 아주 보드라운 당신의 돌멩이를 잠시 생각했어요.

지침 없이 날아, 휘휘 날아

아이가 잠든 사람을 지켜보고 있다. 잠든 이는 아이의 할머니. 같이 누워 잠을 자다 아이 혼자 깨어 눈만 껌벅이고 있을 때. 잠든 할머니를 깨우지 않으려고 조용히 숨을 고르고 있을 때. 옆으로 돌아누워 모로 잠을 청하는 할머니의 등이 보인다. 할머니의 등을 바라볼 때 문득 아이를 사로잡은 두려움.

'할머니가, 죽었으면 어떡하지.'

할머니가 숨을 쉬는지 확인하기 위해 아이는 집요하게 잠든 등을 바라본다. 몸통의 미세한 오르내림이 느껴지지 않는다. 1초. 2초. 얼마나 시간이 지났을까. 많이 양보해서 5초. 푸— 할머니가 다시 숨을 몰아쉴 때까지. 그 짧은 시간 아이는 얼마나 혼자였는지. 그날은 얼마나 적막했는지. 그후로 아이는 자주, 잠자는 할머니를 혼자 지켜보곤 했다.

푸— 숨을 한번 고르고. 그 아이를 생각한다. 잠든 등을 지켜보고 있는 아이의 작은 등을 바라본다. 마치 다른 사람의 등을 바라보듯이, 나는 나의 어린 등을 본다.

어린 나를 압도하던 공포 중 하나는 할머니의 죽음이었다. 할머니는 나에게 어머니보다 더 어머니 같은 사람이었으니까. 죽음이 가까운 부모와 함께 산다는 건 어떤 것일까. 나이가 많아서, 몸이 병들어, 혹은 마음이 지쳐 죽음만을 생각하는 부모와 산다는 건 어떤 것일까. 나의 여자아이는 이 모든 부모와 살아본 적 있는 것 같다.

낮잠 자는 할머니를 바라보던 한낮의 밝음. 소리가 지워진 방. 할머니의 작은 뒤척임. 이불의 바스락거림. 한순간에 모든 소리가 다시 재생되고, 심장이 배 아래까지 부풀어 두근거리는 것 같다. 오줌을 쏟을 것 같은 기분. 잠든 할머니를 바라보고 있으면 죽은 할머니의 얼굴을 보고 있는 것 같아 알 수 없는 두려움이 몰려온다.

이따금 불안을 다독일 때면 그날의 낮잠이 떠오른다. 어쩌면 내 모든 불안의 씨앗은 거기서부터 시작된 것이 아닐까 하고.

대학 진학과 함께 홀로 상경하면서 처음으로 할머니와 떨어져 살게 되었다. 그즈음 할머니는 노화와 우울증으로 경미한 인지저하 증상을 보이기 시작했다. 방학이 되어 다시 집을 찾았을 때, 오랜만에 마주한 할머니는 안으면 바스락, 소리가 날 것 같았다. 몸이 아니라 마음에서, 무언가 부서지는 소리가 날 것 같았다. 몇달 사이 할머니의 눈빛은 탁하고 푸른빛을 띠었다. 그때 나를 본 할머니가 내뱉은 첫마디.

─그러면 또 언제 오니?

방금 도착한 내가 언제 또 오냐는 물음이 할머니의 첫인사였다. 얼마나 더 머물다 다시 가냐는 물음이 아니고 가고 나면 얼마나 더 지나야 볼 수 있냐는 물음. 내가 지금 여기 있는데도 나의 부재 속에서 나를 기다리고 있는 사람의 물음. 방금 도착했지만 곧 가버릴 것을 아는 사람의 물음. 그건 낮잠 자는 할머니를 바라보던 어린 나를 닮은 물음이었다. 할머니를 향해 달려오고 있는 죽음을 막을 수 없어 바라만 보고 있었던 작은 여자아이를 닮은 물음.

돌이켜보면 나는 자주 불안을 느끼는 아이였다. 같이 있던 할머니가 몸을 일으켜 잠깐이라도 방을 나서거나 집을 나설 때면 "할머니 어디 가?" 깜짝 놀라 물었고 그럴 때마다 할머니는 어처구니없다는 얼굴로 "가기는 어딜 가" 면박을 주며 쓸데없는 걸 묻는 나를 귀찮아하기도 했다. 아주 나중에서야 나는 그것이 내 안에 자리한 불안이었다는 것을 알았다. 눈앞에서 사라지면 완전히 사라질 것 같은 두려움. 기억엔 없지만 나의 어머니가 그러했고, 아버지가 여러차례 그러했으며, 나이 든 할머니 역시 언제든 나를 떠날 수 있다는 것을 준비해야 했으니까.

그리고 스물둘. 할머니의 죽음은 할머니와 함께 내 불안의 한조각도 가져갔다. 그 자리에 또다른 불안과 슬픔과 허무와 좌절과 이름 붙일 수 없는 '돌멩이'를 우르르 쏟아놓은 채. 할머니는 정말, 완전히, 진짜, 나를 떠났다.

발인을 앞둔 새벽, 문득 나의 불안의 뒷모습이 보였다. 할머니가 나를 떠날 것이라는 아주 오래된 불안이 할머니의 죽음으로 인해 끝을 맞이했다는 생각, 실은 이 불안이 끝나지 않기를 늘 기도하고 있었다는 생각. 그때 나의 눈물은 할머니를 향한 것이 아니었다. 오직 나. 나를 견디기 위한 눈물이었다.

요즘도 나는 자주 불안에 휩싸인다. 버스나 지하철, 택시, 기차와 비행기 같은 교통수단을 이용할 때 특히 불안에 사로잡히곤 한다. 숨통이 굳어버린 것같이 호흡이 곤란해지고 눈앞이 흐릿해지기도 한다. 누군가에게는 평범한 일상이 나와 같이 불안증에 시달리는 사람에게는 큰 용기와 결심을 필요로 한다. 나의 불안은 내가 숨통을 부여잡는 버스 안에도, 약속을 지키기 위해 버스 정류장을 향하는 걸음걸음에도, 차에 타고 내리며 어딘가로 '가고 있는' 나를 비춘 차창 속에도, 웅크리고 앉아 있는 욕조 속에도, 고백과 비밀이 뒤섞인 일기에도 있다. 그곳에 나의 일상이 있고 나의 삶이 있다. 불안은 나와 함께 간다.

—미안해요, 마음 쓰이게 해서.

약속을 미루거나, 동행하는 사람들에게 사정을 설명할 때면 덧붙인다. 힘든 내색을 보이면 한겨울에도 함께 차에서 내려 찬바람을 맞고 서 있거나, 진정될 때까지 다른 이야기를 꺼내어 속삭이거나, 가만히 손을 잡고 기다려주는 사람들이 있다. 나의 불안이 꼭 치료되어야 할 것은 아니라고, 다정히 눈 맞추며. 모두 내가 아는 언니들이 보여준 위로의 방식이었다. 나의 삶에는 불안을 다독이는 언니들이 있다는 이야기.

불안이 처음 스며들었던 낮의 공기는 여전히 내 곁을 떠돈다. 동시에 불안을 처음 잠재웠던 누군가의 숨결도 여전히 이곳을 유영한다. 나는 공기의 입자 하나하나를 쪼개어보듯, 느리게, 감각해보기로 한다. '나의 공기를 찾자' 속삭이면서. 이 순간 내게 유용하고 필요한 공기를 찾자고. 효험이 좋은 약을 찾듯, 나의 공기를 찾아본다.

숨을 잠시 가두었다 밖으로 몰아내본다. 입자 하나하나를 마음속에 떠올리며. 빛을 입에 물고 옮기듯, 반딧불이 같은 마음으로.

날아, 멀리.

휘휘 날아.

꼭 닿아야 할 곳에 이를 때까지.

지침 없이 날아. 잠든 등을 지켜보는 아이의 등을 달래고, 나와 아무 상관 없는 또다른 누군가를 불안 속에서 지키도록.

　가끔은 나의 불안이 그렇게 소용될 것을 믿어보기도 하는 것이다. 이토록 천진한 믿음 속에도 삶이 있다는 것을 이제는 믿기 때문에.

고양이는 어디에 있을까요

　　종종 아파트 커뮤니티에 접속한다. 생활정보나 민원을 공유하는 게시물 사이 눈길을 끄는 글이 올라왔다.

　　'고양이는 어디에 있을까요.'

　　글쓴이는 어린 자녀와 함께 A단지 근처에 거주하는 길고양이를 돌보고 있는데 며칠 전부터 고양이가 보이지 않는다는 것이었다. 아이가 저녁이 될 때까지 고양이를 찾아다니고 있으니 고양이 소식을 아는 주민이 있다면 안부를 나눠주길 부탁하는 글이었다. 모르는 고양이였지만 나역시 소식이 궁금해, 이어 달린 몇개의 댓글을 읽어갔다.

　　└ 임신한 삼색고양이는 어린이공원 근처에서 돌아다니는

걸 봤어요. 오늘은 보안요원실 근처 화단 틈새로 사라지는 걸 오후 5시쯤 봤고요! 까망이는 연일 한파에 며칠 전 안타까운 일이 있었어요. 아이들에게는 동물보호단체에서 데려갔다 하였습니다.

같은 고양이를 돌보던 다른 주민의 댓글이었다. 그후로 며칠 동안 나는 '고양이는 어디에 있을까요' 홀로 되뇌곤 했다. '그러게요, 어디에 있을까요' 다시 되받아 혼잣말하는 사이 보이지 않는 고양이의 앞발이 닿아 있는 곳이 펼쳐지기도 했다. 상상 속에는 푸른 들판이 있고 올라타기 좋은 가지 많은 나무가 있고 같이 놀기 좋은 발레리안, 레몬그라스, 배초향, 굴리기 좋은 개다래가 있다. 천이 흐르고 얼마 더 가 강으로 모이고 군데군데 돌멩이들이 모여 있는 곳. 새끼 품은 고양이가 낮잠을 자고 또다른 고양이가 그 옆에서 한낮의 봄을 들여다보는 곳. 겁을 모르고 버릇이 없고 조금 새침한 어린 고양이 하나쯤 이유 없이 깊이 사랑받는 곳. 잠시 사람은 떠올리지 못했다. 나도 발 들일 수 없는, 하나쯤 있어도 좋을 법한 그런 곳.

모르는 고양이뿐일까. 내가 아는 고양이. 내가 깊이

사랑한 고양이가 지금 숨 쉬고 있는 곳을 떠올려본다. 고양이뿐일까. 아주 가고 없는, 사랑한 사람들. 그들은 지금쯤 어디 앉아 쉬고 있을까. 거기선 어떤 바람이 불고 어떤 비가 내릴까. 어떤 돌멩이들이 그들의 얼굴을 지켜보고 있을까. 얼마나 오래된 돌멩이들이 그곳의 비, 바람, 별빛 달빛을 품고 앉아 내가 사랑하는 이들의 얼굴을 들여다보고 있을까. 돌멩이는 미움이 없고 슬픔이 없고 서러움이 없다. 과거는 없고 오직 지금만 있는 곳. 부는 바람은 가볍고 내리는 비는 미지근하다. 잠시, 모든 것이 괜찮다. 한번쯤 잠시, 그런 곳을 떠올려본다. 안전한 곳에 마음을 두기.

　보고 싶지만 볼 수 없는 존재를 떠올릴 때 그들의 안녕을 그려보듯이 알고 싶지만 알아낼 도리가 없을 때에도 마음 둘 곳을 찾는다. 그러니까 내가 태어났을 때, 내가 아이였을 때. 그때의 내가 궁금해서 일부러 펼쳐보는 나의 들판들.

　부모가 나를 가졌을 때 어떤 꿈을 꾸었는지, 누군가 대신 꾼 꿈으로 태몽을 삼았을지, 내가 처음 두 발로 걸었을 때 부모는 어떤 표정이었는지, 내가 처음 내뱉은 말, 모유를 떼고 받아먹은 첫 과일은 무엇이었는지. 내가 아닌 누군가만이 알려줄 수 있는 나의 것. 그런 것이 궁금해 시를 쓴다면 나 하나쯤은 나의 시를 조금 더 이해할 수 있을지도 모르겠다. 이렇게라도 나는 나를 이해할 수 있어 다행이라고, 시가 있어 다행이라고 생각하면서. 나는 이토록 사사롭고 작은 사람이다. 고작 이런 것이 궁금해 시를 쓰는 사람. 나의 나 된 조각을 찾고 싶어 더 작고 가벼워지며 갈수록 깊이가 없어지는 사람. 시를 생각할 때면 그게 나라는 것을 새삼스레 깨닫는다. 실망하거나 부끄러워하거나 때로는 뻔뻔하게.

나는 시를 쓰게 된 필연에 대해 자주 생각하는데 그럴 때면 시와 나 사이의 미지가 더 분명해진다. 시는 시대로 알 수 없는 쪽으로 나아가고, 나는 나대로 영원히 모르는 것에 갇히는 느낌이 든다. 영원히 알 수 없다는 걸 알면서도 그것을 향해 나아가는 무모하고 혼란한 움직임은 얼마나 순수한 필연일까.

시 쓰기를 생각하며 종종 물동이를 떠올린다. 고통으로 가득 찬 물동이를 안고 나아가는 한 사람의 무게. 물동이에 살갗을 대면 조금 차갑고 약간 쓰라린 거친 느낌이 든다. 쏟아버리거나 흘려버리지 않고 얌전히 걸음을 옮기는 소리를 들어본다. 고통과 함께 사랑을 간직하는 사람. 고통을 지운다는 건 그 안에 들어찬 사랑을 잃겠다는 것과 같으니까. 무거우면 잠시 쉬더라도 그걸 두고 혼자 가버리지는 않는 사람. 이 물동이는 나를 움직이게 한다. 물동이를 옮기기 위해서라도 나를 움직인다. 나아가는 생각만으로 나아가는 것. 물동이에 비치는 짙푸른 하늘, 여백으로 살짝 비껴선 산딸나무, 날렵하고 통통한 박새, 가—가— 울어대는 보이지 않는 까마귀, 때 이른 목련 눈, 뻥뻥 귀를 울리는 아이들의 공놀이, 한낮 15분 남짓의 짧은 거넎도 물동이의 수면을 지나간다. 물동이는 자꾸 무언가를 옮긴다. 물동이는 비밀을 옮기고 나를 스쳐가는 신비를 건드린다. 내가 살아 있다는 사실, 내가 여기 있다는 사실, 지금 여기 내가 있다는 비밀과 신비를.

나는 부모가 이 비밀에 대해 들려주기를 늘 기다려왔다. 지금이 아니라면 나중에라도. 내가 열다섯이 되고 스물이 되어서라도, 어쩌면 아주 늙어서라도. 나는 나의 부모를 기다리고 싶었다. 나는 자라지 않는 아이처럼 때가 되면 내게 돌아올 부모를 기다렸다. 부모가 기다리라고 말하고 나를 친척집에 맡겼을 때 부모에게 더 충성할 수 있었다. 부모가 기다리라는 말도 없이 영영 나를 떠났을 때 나는 영원히 부모를 기다리는 아이가 되어버린 것 같았다. 그렇다면 나의 부모는 어땠을까. 한번이라도 나를 기다렸을까. 나는 가끔 이런 것이 궁금해 시를 쓴다.

누구에게나 스스로 지켜야 하는 비밀이 있다. 아이가 자라 지금의 자신이 될 때까지 스스로 지켜온 비밀과 신비. 자기만의 어두운 '기다림' 속에서 여기까지 가지고 올 수 있었던 비밀과 신비. 때로 어떤 사람들은 스스로 비밀을 만든다. 나라는 이야기를 계속해나가기 위하여, 그 누구를 위한 게 아니라 오직 나 자신을 위하여.

고양이는 어디에 있을까요, 혼잣말 뒤에 펼쳐지는 들판처럼 나는 나라는 이야기의 결말을 자주 상상한다. 내게 영원히 낯선 사람인 나의 어린이를 위해서라도 이 이야기의 결말은 마땅히 이러해야 한다는 당위를 품고. 그러니까 나는 하나의 사랑 이야기가 될 것이다. 조금 더 운이 좋다

면, 곁에 있는 사람들에게 신비를 속삭여도 좋겠다. 그러니,

　당신도 당신의 어린이를 이야기하기를, 그 아이에게 깊이 사랑받기를.

　잘 되어가지 않을 때에도 나는 나의 사랑 이야기를 믿는다. 이제는 아니까. 물동이에 다 담기지 않아도 하늘은 틀림없이 거기 있다는 것을. 물동이에 가둘 수 없는 깊은 하늘을 이제는 믿으니까. 내 사랑은 여기서부터 되어간다.

　순전히 나의 사랑만으로.

　나의 이야기는 되어간다, 더, 되어간다.

평화를 주고 싶어서

"화재가 발생했습니다! 화재가 발생했습니다!"

크고 높고 빠르게, 화재 경보가 울린다. 같이 사는 검은 개와 흰 개, 두마리의 강아지는 집 안 곳곳을 뛰어다니며 불꽃처럼 짖는다. 강아지의 눈동자에는 걱정이 가득하다. 마치 "화재가 발생했대요!" 내게 알려주는 것 같다. 나는 느리게 일어선다. 천천히 걸어가 강아지 앞을 막아서고 하품을 한다. 경보가 잦아지고 사이렌이 멈출 때까지 나는 연달아 하품을 한다. 이토록 평화롭고 고요한 화재 경보. 커다랗게 하품하는 방식으로 나는 대답한다. 괜찮아, 이건 연습이거든. 오늘은 아파트 소방 점검 날이다.

나의 하품은 일종의 카밍 시그널*이다. 카밍 시그널

은 상호 호의적으로 지내자는 의미를 전달하는 몸짓언어다. 하품은 '긴장을 풀어, 나도 긴장을 풀어야지'와 같은 뜻을 가지고 있다. 카밍 시그널에 따르면 경보음에 놀란 강아지를 진정시키기 위해서는 지금의 내가 안전하고 편안하다는 것을 몸으로 보여주는 것이 효과적이다. 안정된 호흡과 몸짓으로 그저 같이 있어주는 것만으로도 강아지는 나의 언어를 이해한다. 멈추지 않는 사이렌 속에서도 강아지는 나의 말을 신뢰한다. 강아지가 하품을 따라 한다. 나도 긴장을 풀어야지.

내가 아홉살이었을 때, 어른들의 언어를 이해하지 못해 혼자 애태웠던 기억이 있다. 어느 날 담임 선생님은 학생들을 학교 체육관으로 불렀다. 거기서 다시 여학생만을 불러 모으고, 선생님이 앞에서 시범 보이는 동작을 따라 해

---

* 카밍 시그널(calming signal), 노르웨이의 반려견 전문가 투리드 루가스(Turid Rugaas)가 1997년 처음 사용한 개념이라고 한다. '나는 너에게 해를 끼치거나 불편하게 할 생각이 없고 너도 나에게 호의적으로 대했으면 좋겠다'는 신호이다. 긴장되거나 스트레스를 받을 때 자신의 심적 상황을 그대로 전달해서 상대방의 배려를 받는 효과가 있으며, 스스로를 진정시키는 효과도 있다. 카밍 시그널을 사용할 때 개는 상대방도 이에 화답하기를 바란다.(김윤정 『당신은 반려견과 대화하고 있나요?』, 알에이치코리아 2015, 55면 참조)

보라고 했다. 잠시 후 선생님은 몇명의 학생을 호명했다. 은주, 민지, 서윤이,* 너, 너, 그리고 너. 그중에는 나도 있었다. 나, 지은이.

호명된 아이들은 학교를 대표하는 에어로빅 선수로 활동하게 된다고 했다. 나는 그렇게 갑자기 학교 대표 에어로빅 선수가 되었다. 며칠 뒤 선생님은 에어로빅 단체복을 구입하기 위한 의상비를 가져오라고 일러주었다. 나는 할머니에게 에어로빅 옷을 사야 한다고 말했고, 할머니는 아무것도 묻지 않았고 아무 대답도 하지 않았다. 그날 저녁 메뉴는 탕수육이었다.

당시 나는 아버지와 떨어져 할머니의 보살핌 아래 자라고 있었다. 근처에 거주하는 큰아버지가 종종 나를 돌봐주었던 기억이 난다. 큰아버지는 고춧가루와 식초를 넣은 간장에 탕수육을 찍어 내밀며, 앞으로는 '춤'을 추지 말라고 했다. 큰아버지는 맑은 소주를 자꾸 들이켰고 나는 왜 에어로빅을 하면 안 되는지 묻지 않았다. 모든 것이 어떻게

---

* 이 책에 등장하는 어린이의 이름은 모두 가명이다.

된 사정인지 몰랐지만, 큰아버지가 준 탕수육을 맛있게 먹어야 할 것 같았다. 그날 저녁은 유난히 어두웠던 것 같다.

다음 날 선생님께 큰아버지의 말씀을 전해야 했는데 어떻게 말을 꺼내야 할지 막막했다. 가슴이 뛰었다. 에어로빅 의상비를 가져오지 않아서 혼이 날 것만 같았고 숙제를 빼먹은 학생이 된 것 같아 부끄러웠다. 그날 내가 선생님께 어떤 말을 했는지 기억나지 않는다. 다만 선생님이 돌연 내게 화를 냈던 목소리는 오래도록 내 마음을 아프게 했다.

—하지 마. 네가 잘해서 너를 뽑은 줄 아니! 은주, 민지, 서윤이처럼 네가 키가 크니까 너를 뽑은 거잖아!

왜 어떤 말은 시간이 지날수록 또렷해질까. 눈물이 났다. 내가 뭔가를 잘못했고 선생님을 실망시켰고 무엇보다 앞으로 에어로빅을 할 수 없다니 가슴이 무너지는 것 같았다. 얼마 뒤 선생님은 다시 나를 불러, 화를 내서 미안하다며 앞으로는 나를 대신해 유리 가명 가 에어로빅을 하게 될 거라고 했다. 공부도 잘하고 인기도 많은 유리. 무엇보다 키가 작은 유리가 나를 대신해 팀에 합류하게 되었다는 말에 나는 선생님의 말을 확신할 수 있었다. 내가 선발되었던 건 정말 순전히, 나의 큰 키 때문이었다는 걸. 그후로 에어로빅 선수들은 연둣빛이 도는 단체복을 항상 입고 다녔다. 쉬는 시간마다 모여 동선을 맞춰보거나 강당에서 고난도 동작을 연습했다.

탕수육 저녁 식사 이후로 나는 할머니와 큰아버지에게 에어로빅에 대해 이야기하지 않았다. 한동안은 집에서 혼자 스트레칭을 하며 놀기도 했지만 그마저도 점차 흥미를 잃어갔다. 여름방학이 가까워졌을 때쯤 학교 신문에는 에어로빅 선수들의 근사한 사진이 실렸다. 그후로 선수들은 더는 에어로빅을 연습하지 않았고, 아무도 연둣빛 단체복을 입지 않았다. 나는 자주 떠올렸다. 선생님의 화난 얼굴, 연둣빛 단체복, 체육관의 서늘한 공기, 체육관 유리 천창 아래로 내려앉던 먼지. 또래보다 키가 큰 내 몸을 부끄러워하면서.

서른세살 어느 겨울. 나는 취미 발레를 등록했다. 스트레칭을 배우고 음악 속에서 춤을 추고 발레복을 구경하면서 종종 아홉살의 나를 떠올렸다. 발레학원에서 제일 키

가 큰 나의 몸을 거울에 비춰보며 자세히 들여다보기 시작
했다.

거울에 비친 내 몸이 움직이는 것을 본다. 피아노 음
악 속에서 숨 쉬는 몸을 본다. 몸이 음악을 듣고 음악 안에
서 걸어다니는 것을 본다. 박자를 잘 찾지 못하는 이유가
음악을 이해하지 못한 까닭인지 유연하지 못한 까닭인지
부족한 근력 때문인지 알 수 없지만 헤매고 실수하고 때때
로 우스워 보이기까지 하는 나의 몸을 끝까지 본다. 몸이
말하도록 두고 말하는 것을 본다. 그리고 듣는다. 완전한
몰입 속에서 무언가를 완전히 잊고 텅 비어버린 몸의 언어
를 듣는다. 그럴 때 나는 무엇과도 화해할 수 있고 무엇과
도 어울릴 수 있고 그저 하나의 풍경이자 풍경의 부속이
된다.

이제는 아홉살의 나를 이해하고 내가 알아들을 수 없
는 방식으로 나를 타이르던 큰아버지와 할머니의 언어를
들을 수 있게 된 것 같다. 이유를 알 수 없이 화를 낸 선생
님의 목소리도 이해할 수 있을 것 같다. 중간중간 찢겨버린
소설책처럼 듬성듬성 잘려나간 이야기를 상상하고 다시

지어낼 수 있다. 어떤 이야기 앞에는 괄호를 달아주고 어떤 이야기는 순서를 바꾸고 기억에 없는 이야기는 지어내며 나만의 비밀을 찾아갈 수도 있다. 거울 속의 나는 아홉살이 아니니까.

언젠가 좋아하는 친구에게 이 모든 이야기를 들려주었을 때 친구는 큰아버지가 애잔하다고 말했다. 어린 나에게 그 모든 사정을 세세히 알려주는 건 오히려 상처가 될까봐 걱정한 것 같다고. 우리는 화를 낸 선생님의 마음 역시 직장생활을 해보니 영 모를 것 같지는 않다며 조금 웃었던 것도 같다.

지금의 나는 키가 큰 몸을 부끄러워했던 아홉살의 나를, 큰아버지와 할머니와 선생님을 이해할 수 있지만 그들의 방식이 옳았다고 생각하지는 않는다. 내가 원했던 것과 내게 일어났던 일 사이의 균열이야말로 내가 받아들여야 하는 자연스러움이라는 것을 생각할 뿐이다.

하지만 가능하다면 나는 나의 말에 평화의 날개를 달아주고 싶다. 내 말을 듣고 있는 이가 누구든 그의 귀와 마음에 평화를 안기고 싶다. 앞뒤를 알 수 없이 무심코 내게 던져졌던 성난 말과 화해하기 위해 나는 아주 오랫동안 상처가 되었던 말을 몇번이고 마음속에서 들어야만 했으니까. 내가 나에게 들려주는 말에도 평화의 날개를 달아줄 수 있다면, 오늘 밤 나는 나의 아홉살에게 들려주고 싶다.

아홉살이 품었던 무거운 말은 이제 내게 넘겨달라고. 내게 맡겨주면 아주 재미난 이야기로 다시 엮어 되돌려주겠다고. 재미난 이야기가 완성되면 그때 다시 가져가라고. 지금 검은 개와 흰 개는 번갈아 숨소리를 내며 달고 깊은 잠에 빠져 있다. 평화롭고, 고요한 밤이 소리 없이 지나간다.

그리될 거라는 믿음

머리를 감다 생각했다.

'맞다, 나 어릴 때 머리 감는 거 무서워했는데.'

이렇게 개운한 걸 그땐 왜 그렇게 무서워했을까. 물을 틀고 머리를 쓸어내린다. 비누 거품에서 희미한 박하향이 난다.

나는 열한살이 넘도록 할머니 품에 안겨 머리를 감았다. 눈을 감고 머리를 숙이면 꼭 앞으로 고꾸라질 것 같았기 때문이다. 세숫대야에 머리를 집어넣으면 온몸이 그대로 쑥 빨려들어갈 것 같았고, 비눗물이 얼굴에 닿는 것도 싫었다. 고개 숙인 내 위로 무언가 나를 노려보고 있을 것 같기도 했다. 나는 쪼그려 앉은 할머니 품에 아기처럼 안겼다.

할머니는 나를 안고, 어느 날은 왜 머리 감는 걸 무서워하느냐고 혼을 내고 어느 날은 어르고 어느 날은 말이 없었다.

다 큰 나를 안고 머리를 감긴 여름날이면 할머니는 진이 빠져 숨을 몰아쉬고 오래도록 땀을 흘렸다. 실은 나도 힘이 들었다. 몸이 커질수록 할머니 품에 안기는 것이 쉽지 않았기 때문이다. 선풍기 앞에서 젖은 머리를 말릴 때 들려오는 할머니의 거친 숨소리에 부끄러운 마음을 애써 숨기기도 했다. 그럴 때 가끔 할머니는 속바지에서 천원짜리를 꺼내 하드를 사 오라는 심부름을 시켰다.

형편이 어려워 간식조차 넉넉히 사 먹을 수 없을 때면 할머니와 나는 작은 실랑이를 벌였다. 서로 좋아하는 아이스크림이 달랐기 때문이다. 할머니는 부드럽고 고소하고 은은한 단맛을 좋아했다. 베스트원 호두맛, 투게더, 바밤바 같은. 그때 할머니의 경대에는 스카치, 누룽지사탕, 비단박하가 한봉지씩 놓여 있었다. 나는 초콜릿이 들어간 것이면 무엇이든 좋았다. 두 눈이 감길 정도로 달고 이에 쩍쩍 달라붙는 끈적한 것이 좋았다. 할머니가 건네주는 천원짜리 두장을 받아들고,

—내가 먹고 싶은 거 사 와도 돼?

　—에이, 오늘은 호두, 그거 사 와! 더워 죽겠어, 아주! 왜 혼자 머리를 못 감어 왜애. 내가 언제까지 살 거 같으냐아. 언제까지이!

　—아 왜애. 그냥 나 먹고 싶은 거 사 온다아?

　달려간 마트에서 나는 베스트원 호두맛을 집어 들었다. 할머니는 왜 네가 먹고 싶은 걸 사 오지 않았냐며 꽝꽝 언 아이스크림을 퍼먹기 쉽게 길을 내줬다. 그러고 나면 며칠 후 나를 위한 쌍쌍바 하나가 냉장고에 들어 있기도 했다. 조금 더 크게 잘린 쪽이 언제나 내 것이었다. 초콜릿은 왜 이렇게 맛있을까. 그때 내 꿈은 방 한가득 초콜릿을 쌓아두고 아작아작 소리를 내며 배가 부를 때까지 초콜릿을 깨 먹는 것이었다.

　요즘엔 가끔 할머니가 좋아했던 간식을 일부러 찾아 먹는다. 부드럽고 고소하고 은은한 단맛. 한입 물면 몸이 나른해지는 익숙한 단맛. 마트에서 장을 보다 할머니가 좋아하던 박하사탕이 보이면 나도 모르게 눈이 간다. 같이 장을 보던 남편은 거들며 말한다.

─우리 할머니는 양갱 좋아했는데.

─양갱 맛있지. 먹고 싶으면 하나 사.

내가 박하사탕을 보고 있을 때 남편은 내 머릿속을 들여다보는 것 같다. 할머니를 생각하는 나. 혼자 책가방을 싸고, 숙제를 하고, 가정통신문에 보호자 사인을 거짓으로 꾸며내던 나. 무엇이든 혼자 해내야 했지만 늦되도록 머리를 혼자 못 감던 어린 나를 보고 있는 것 같다. 남편에게 몇번이고 같은 이야기를 들려줬기 때문이다. 우리는 잠시 서로의 할머니 이야기를 이어간다. 할머니가 쥐여준 간식 이야기를 하며 우리가 어떻게 사랑받았는지를 자랑한다. 받은 것과 받지 못한 것이 무엇인지 들려준다. 몇번이고 같은 이야기를 들려준다. 남편은 이제 두 할머니가 친구가 되어 우리를 지켜보고 있을 것이라는 말을 꼭 덧붙인다. 나 역시 몇번이고 남편에게 똑같은 말을 들어왔지만 처음인 것처럼 대답한다.

─응, 그렇지. 할머니는 다 보고 있겠지.

나는 이제 머리 감는 것이 무섭지 않고, 눈에 비눗물이 들어가도 울지 않고, 두 눈을 감았다 떠도 아무 일도 일어나지 않는다는 걸 안다. 저절로 그리된 것이 아니라 할머니가 오래도록 나를 안고 머리를 감겨준 덕분에. 나의 무서움이 작아질 때까지 나를 기다려준 덕분에. 지치지 않고 나를 안심시켜준 덕분에, 알게 되었다.

얼마 전에는 책을 읽다 잠시 멈칫했다.

우리 뇌가 이런 연결들을 저장해 복잡한 기억들을 만들기 시작하면서 우리의 개인적인 경험의 목록이 만들어지는 거예요. 자라는 동안 우리는 모두 우리 주변에서 무슨 일이 일어나고 있는지 파악하려고 애씁니다. 이 소리는 뭘 의미하는 거지? 누군가 내 등을 문지르는 이 행동은 무슨 뜻일까? 저 사람의 저 표정은 무엇을 의미할까? 저 냄새가 날 때는 어떤 일이 일어나지?

어떤 아이에게는 누군가 자기 눈을 마주 보는 것이 "난 널 좋아해. 너에게 관심이 있어"라는 의미일 겁니다. 하지만 또 다른 아이에게는 "나 지금 막 너한테 고함지를 거야"라는 의미일 수도 있지요. 생애 초기 매 순간, 발달 중인 뇌는 개인적 경험을 분류하고 저장하면서 우리가 세계를 해석하는 데 도움이 될 '암호책'을 만들어갑니다. 누구나 각자 자기 삶의 경험들을 재료로 고유한 세계관을 만들지요.

— 브루스 D. 페리·오프라 윈프리 『당신에게 무슨 일이 있었나요』, 정지인 옮김, 부키 2022, 38~39면.

"삶의 경험들을 재료로"에 밑줄. 다시 밑줄. 나는 잠시 밑줄 아래 작은 화살표를 그려넣고 책의 문장을 바꿔보았다. 내가 받은 사랑의 재료로 나의 삶을 꾸려가겠다,라고. 손에 잡히는 대로 재료로 삼지 않고 사랑의 재료를 알아보고 골라 쓰겠다는 다짐이었다. 어린 나의 경험 중에는 다시 매만지고 고쳐 써야 할 것들이 많았으니까. 그런 경험이 많다고 해서 내 세계가 어수선하고 보잘것없는 것은 아니었다. 할머니가 내게 준 사랑의 재료를 떠올렸다. 고민 없이 인내의 마음이 떠올랐다. 할머니의 인내란 그저 참는 마음이 아니라, 믿음의 다른 말인지도 모른다고 생각하면서. 대책 없고 허망한 것이 아니라 언젠가 나 혼자 머리를 감는 날이 올 거라는 믿음, 내가 스스로 해낼 수 있다는 믿음, 곧 그리될 것이기에 지치지 않고 반복했던 믿음이라고. 바꿔적은 문장 뒤에 할머니가 좋아하던 비단박하 한알을 그려 넣었다. 어쩐지 할머니의 믿음은 박하사탕처럼 하얗고 까슬거리고 달고 시원한 맛이 날 것 같았다.

나는 여전히 무서운 것이 너무 많고, 지레 겁먹고 용기 내지 못하는 것투성이이지만, 할머니의 믿음의 재료를 떠올리면 조금 달라질 수 있을 것 같다.

할머니가 내게 남기고 간 재료는 여기저기 잘 쓰이도록 이래저래 알맞다. 할머니는 누구로부터 이렇게 유용한 재료를 받았을까. 하나하나 받고, 차곡차곡 모아두었을 할머니의 시간을 그려본다. 그런 생각을 할 때면 아주 멀리서, 아주 오래전부터 나를 향해 달려오는 사랑이 느껴진다. 나의 몸, 나의 말, 때때로 나의 밤이 되어 내내 나와 함께할 사랑의 재료들. 이 생각의 끝에는 내게 나쁜 것을 던지고 유유히 사라진 사람들마저 연민할 수 있을 것 같다. 멈춰 서게 하는 나쁜 기억들에 밑줄을 긋고 화살표를 달아 이전보다 더 많은 말을 이어 쓸 수도 있을 것이다. 무엇이든 다시 쓸 수 있을 것이다.

햇빛 냄새

꿈을 꾸었다. 잘 마른 빨래가 집 안 가득 쌓여 있는 꿈. 세탁기에, 돌아서면 바구니에, 서랍장 속에도 방금 빨아 말린 옷가지와 속옷이 가득했다. '왜 전부 새로 빤 것들이지' 생각하는 사이, 방에는 방금 걷어 온 마른 빨래가 다시 쌓여 있었다. 햇볕의 열을 품고 있는 따뜻한 빨래였다.

'아! 할머니구나!'

햇빛 냄새가 나는 빨래. 부드럽고 따뜻한 촉감. 그제야 할머니의 손길을 알아챘다. 꿈에서도 할머니가 보고 싶어 할머니를 찾아 달려나갔다. 하얀 이불 빨래가 줄지어 널려 있는 아득한 마당이 펼쳐졌다. 할머니는 보이지 않았지만 거기 어딘가에 할머니가 있다는 생각이 들었다. 아무도 보이지 않고, 볕이 좋은 마당을 거닐고 달리고 헤매다 그 어디쯤에서 꿈이 끝나버렸다.

할머니를 만나진 못했지만 그건 틀림없는 할머니 꿈이었다. 눈이 시리도록 꿈의 잔상이 계속되었다. 몸이 깨어나는 느낌이 들었을 때 참을 수 없이 눈물이 흘렀다. 언젠가 옥상에 널어둔 이불을 걷어 오던 아버지의 목소리가 또렷하게 떠올랐기 때문이다.

—아, 햇빛 냄새. 지은아! 이것 좀 맡아봐. 햇빛 냄새가 난다.

잊고 있었다. 이불에 얼굴을 묻고 환하게 웃던 아버지. 내 마음 가득 차오르던 햇빛. 아, 햇빛 냄새. 그 말이 이상하고 예뻐 속으로 따라 하던 나. 그때 나는 빛의 보호를 받는 기분이었다.

할머니 꿈이 지나간 자리에서, 아버지를 생각했다. 생생하게 햇빛 냄새가 났다. 꿈으로부터 흘러온 걸까, 내 안에 숨어 있던 것이 마침내 새어나온 걸까. 어느 쪽이든 슬픔이 묻어 있는 햇빛 냄새였다. 할머니와 아버지를 떠올릴 때 늘 따라붙는 슬픈 냄새였다. 하지만 슬픔 없이 어떻게

사랑을 할 수 있을까. 슬픈 것은 슬픈 대로 그대로, 조금 더
두기로 했다. 꿈의 빛을 다시 들여다보았다. 한 새벽에 깨
어나 내 안에만 내리쬐는 빛을 들여다보고 있으니 내가 꿈
이 된 것 같고 내가 빛이 된 것 같고 내 몸이 몽땅 그리움으
로 채워진 것 같았다. 문득 내가 기다리던 것이 지금 이 순
간이라는 걸 알아챘다. 다른 마음 없이 오직 보고 싶은 마
음으로 가득 채운 순간.

　슬픔을 슬픔으로 바라보는 시간이 지나가면, 슬픔만
으로 끝나지 않는 무언가가 오는지도 모르겠다. 그 무언가
때문에라도 슬픔은 슬픔으로 두고 싶다. 언제든 슬플 요량
으로 이불 끝을 조금 더 끌어당겼다. 날이 밝으면 이 빛을
기억하며 씩씩하게 나가 걷자고 생각하면서. 한번 더 이불
을 끌어당겼을 땐 처음 보는 햇빛이 아른거리는 것 같았다.

2부

기쁘게
집으로 돌아오렴

나의 손으로

한동안 집을 비운 아빠를 다시 만났을 때, 나는 아홉 살이 되어 있었다. 잠깐 숨을 참듯, 자라는 나를 멈춰 세울 수 있었다면 좋았겠지만 아빠가 곁에 없어도 나는 자랐고, 오늘의 숙제를 하고, 혼자 책가방을 싸야 했다. 할머니는 할머니가 할 수 있는 모든 것을 해주었지만 준비물을 챙겨주거나 숙제를 도와줄 수는 없었다. 나 역시 누가 가르쳐주지 않아도 내가 해야 할 일은 스스로 해야 한다는 걸 알고 있었다. 아빠가 다시 집에 돌아왔을 때에도 나는 혼자 가정통신문을 챙기고, 숙제를 끝내고, 학교에서 빌려 온 책을 읽었다. 그러던 어느 날 아빠는 근처 대형서점에 함께 가보자고 했다. 이것이 서점에 대한 나의 첫 기억이다. 어느 건

물의 지하로 내려갔을 때 아주 넓고 환한 공간이 펼쳐졌고 여기저기 쌓인 책 더미에 잠시 압도되었던 것 같다. 아빠는 내게 책을 골라보라고 했다.

　—무슨 책이든 읽는 건 좋은 거야. 누가 어떤 책은 읽지 말라고 해도 무엇이든 직접 읽어보고, 많이 생각하는 게 좋은 거야. 만화책은 안 좋아하니?

　나는 한참을 서성였다. 마음속으로는 아빠가 나와 함께 내가 읽을 책을 찾아주기를 바랐지만 거기서도 나는 혼자 책을 찾아 거닐었다. 마침내 두권의 책을 골랐다. 학교에서 선생님에게 허락을 맡고 빌려 오던 그림책도, 동화책도, 위인전도 아니었다. 선생님에게 예쁨을 받기 위해 고른 책이 아니었다. 하나는 종이접기책, 다른 하나는 동요집이었다. 그때 나는 내가 좋아하는 게 무엇인지, 무얼 할 때 즐겁고 기쁜지, 아빠와 같이하고 싶었던 게 무엇인지 아빠에게 보여주고 싶었는지도 모르겠다. 어린 나는 무엇이든 손으로 만지고, 만드는 걸 좋아했다.

　미술 시간에 찰흙과 지점토를 가지고 노는 것도 좋아했지만, 수제비 뜨는 할머니 옆에서 밀가루 반죽을 조물대거나, 콩나물 뿌리를 똑똑 끊어내거나, 비릿한 멸치 똥을 손질하는 것도 내가 좋아하는 놀이였다. 마당 한쪽으로 푸릇한 이끼들, 대야에 고여 있는 물, 뒷산 나무의 거친 둥치에 일부러 손을 뻗어 온갖 것을 나의 손으로 느끼는 것이 좋았다.

　두권의 책을 안고 집으로 돌아온 뒤 한밤에도 책을 펼쳐 노래 가사를 읽고, 접었던 종이를 다시 펼치고 접으며 놀았다. 꼭 깨끗한 색종이가 아니어도 조금 얇고 네모난 종이만 있다면 꽃도 만들고 새도 만들고 피아노나 상자도 접을 수 있었다. '준비'에서부터 시작해 '완성'으로 끝을 내는 산뜻함. 나는 이런 산뜻함이 좋아 요즘도 요리책이나 가드닝책을 펼쳐 읽는다. 한 단계씩 순서를 따라 나아가다보면 무언가에 이르게 된다는 건 근사한 일이니까.

　사촌이 선물해주었던 레고도 좋아했다. 나는 주로 이층집 만드는 걸 좋아했다. 내 눈에는 멋져 보이는 이층집을 오랫동안 간직하고 싶었지만, 다음 집을 만들기 위해서는 먼저 만들어놓은 집을 부숴야만 했다. 집을 부수면서 지금보다 더 멋진 집을 만들 수 있을까 걱정하기도 하고, 새로 만들고 나면 늘 이전의 집이 더 멋져 보이는 착각이 들기도 했다. 후회와 걱정 속에 새 집을 짓고, 다시 내 손으로 집을 부수는 놀이는 지금의 내가 하는 읽고 쓰는 일과 제법 닮아 있는 것도 같다.

인형놀이도 좋아했다. 할머니가 재봉을 하고 버린 옷감을 가져와 인형에게 이불을 만들어주거나 옷을 해 입히고, 보자기 가방을 만들며 놀았다. 머리를 빗겨주고 땋아줄 때면 꼭 내게 동생이 생긴 것 같아, 아니 내가 엄마가 된 것 같아 좋았다. 몇개의 인형을 둘러앉히고 인형극도 즐겨 했는데 언젠가 할머니가 곁에 와 슬그머니 말을 걸었다.

—너는 왜 놀 때도 도망을 가고, 가난하고, 배고픈 놀이를 하니.

뭔가를 들킨 기분이 들어 좀 부끄러웠던 것 같다. 할머니가 꼭 나를 꾸짖는 것 같았으니까. 그후로 인형극을 할 때면 나는 속으로만 말했다. 마음속에서 더 깊고 어두운 동굴로 숨고, 산을 오르고, 밤의 고비를 넘겨야 하는 이야기를 만들어갔다. 인형들은 내 가슴속에서만 목소리를 가졌다. 나는 그것이 좋았다. 나만 아는 이야기를 나 혼자 마음

속으로 이어갈 때면 아주 큰 목소리로 노래를 부를 수도, 숨 한번 차지 않고 내내 들판을 뛸 수도, '엄마, 아빠' 같은 어쩐지 소리 내기 창피한 말을 크게 떠들어댈 수도 있었다.

내 인형들은 분홍빛 플라스틱 상자에 살았다. 할머니가 반짇고리로 쓰던 상자를 하나 나눠준 것인데 그건 내 보물이었다. 뚜껑을 열어 뒤집으면 그게 인형극의 무대였다. 놀면서도 도망을 가고 가난하고 배고픈 이야기를 하는 나의 무대. 나는 이제 그 무대가 부끄럽지 않다.

이사를 다니며 인형은 하나씩 없어졌고, 지금은 단 하나도 남아 있지 않다. 하지만 나만의 인형극을 벌이던 기억은 여전히 또렷하다. 나의 인형에게 좋은 것을 먹이고 따뜻한 곳에서 잠을 재우고 조금 더 친절한 숲을 내어주었다면 어땠을까 미안한 마음이 들기도 한다. 버려진 인형이 보고 싶을 때마다 미안한 마음이 드는 건, 어린 나를 향한 연민과 애틋함 때문이라는 것도 이제는 부끄럽지 않다.

무엇이든 손으로 만지고, 만드는 것을 좋아하던 내가 남의 것을 망가뜨린 기억도 있다. 아빠와 떨어져 지내며 할머니를 따라 자주 친척 집에 드나들 때였다. 나는 그 집 거실에 있는 뚜껑 덮인 피아노를 만지고 있었다. 부드럽고 차가운 감촉. 눈으로 보면 나뭇결이 살아 있었지만 만지면 아주 부드럽고 매끈했다. 한참을 그렇게 피아노 뚜껑을 만지고 놀다가 피아노 위에 올려져 있는 악보와 붓펜을 보았다. 뚜껑이 있는 펜이 신기하고 예뻐 나도 모르게 붓펜을 피아노 모서리에 콕콕 찍어보았다. 콩콩, 탁탁, 소리를 내며 놀고 있을 때, 친척어른이 펜을 뺏으며 혼을 내었다. 왜 함부로 남의 물건에 손을 대고 망가뜨리냐며 저 멀리 앉아 있던 할머니에게까지 목소리를 높였다.

　—이거 비싼 거야. 이걸 왜 만져. 얘 손에 들어가면 뭐든 망가지네, 진짜.

　잘못했다고 말하고 싶었지만 왜 이런 순간에는 목소리가 나오지 않는 걸까. 피아노를 치고 싶어서 기다리고 있었는데 내가 왜 펜에 손을 댔는지 모르겠다고, 함부로 만져서 미안하다고 말하고 싶었지만 잘 되지 않았다. 그렇지만 내 손에 들어오는 것마다 망가진다는 말은 억울하다고, 왜 자꾸 나를 미워하느냐고 따져 묻고도 싶었다. 하지만 나는 내 인형들처럼 속으로만 혼자 말했다.

그 후로 친척 집에 가면 무언가를 만지고, 만드는 것이 꺼려지고 두려워졌다. 가난한 형편에 무엇이든 망가뜨리면 할머니가 곤란해질 것을 걱정하게 됐다. 점점 어딜 가도, 무엇을 해도, 손으로 만지는 것이 불편해졌다. 가만히 누워 있다가도 친척어른의 날선 목소리가 떠올랐다. 내 손에 들어오면 망가지는 것을 생각하다 허공에 빈손을 뻗어보고 다시, 꼭 쥐어보기도 했다. '내 손으로 망가뜨릴 수 있는 것은 무엇일까' 종종 궁금했던 나는 만지는 것보다 보는 것이 더 좋은 어른이 되었다.

눈밭에서 눈을 뭉치고 굴리는 것보다 눈 내리는 정경을 바라보는 것이 좋고 파도 속에 몸을 맡기는 것보다 저 만치서 바닷소리를 듣는 것이 좋다. 물건을 사러 가서도 "착용해보세요" 권하는 직원의 친절에 "그냥 볼게요"로 답하는 것이 편해졌다. 물론 내 것을 다른 사람이 만지는 것도 좋아하지 않게 되었다.

종종 궁금하긴 했다. 그날 그 붓펜은 정말 망가졌을까. 내가 만지면 망가지는 것이 또 무엇이었기에 어린 나는 그런 말을 들어야 했을까. 오랜 시간이 흐른 지금 친척

어른과 다정히 안부를 물으며 잘 지내다가도 아무 이유 없이, 정말 아무 미움도 원망도 없이 궁금해졌다. 그때 망가진 건, 어린 내 마음 한구석이었으니까.

가끔 그런 것이 서러웠다. 부모가 곁에 없어 괜한 구박을 받고 미움을 받은 기억이 잘 잊히지 않았다. 부모에 대한 미움이 나를 향해 돌아올 때, 어린 나라도 대신 그 모든 미움을 듣고 있어야 할 것 같았을 때. 이런 기억이 나 자신을 망가뜨리는 것 같아 내가 한심해지고 지난날과 지금을 구분하지 못하는 것도 어리석게 느껴졌지만 서러운 마음은 손에 잘 잡히지 않았다. 보이지 않고 만질 수 없는 걸 어떻게 이길 수 있을까. 다만 서러움이 또 한번 지나가도록, 한겹 덮어둘 뿐이었다. 그것만이 간단하고 간편한 방법이었으니까.

하지만 어쩐 일인지 오늘 내 마음은 조금 다르다. 서점에 대한 첫 기억, 좋은 책은 스스로 찾으라던 아빠의 목소리, 사람들이 험담하는 책도 직접 읽어보고 스스로 생각하라는 가르침, 어린 날의 인형놀이나 할머니 옆에 앉아 멸치 똥을 따던 한 시절의 모든 기억이 아릿할 만큼 기쁘고 아름답다. 지워버리고 싶지만 지울 수 없는 기억 옆에, 환한 기억을 덧대어보는 것은 꽤 근사한 일이라는 생각이 든다. '완성'에 이를 수는 없겠지만 하나씩 덧붙여지는 나만의 순서와 과정을 더듬어본다.

누구에게도 버려지지 않는 성, 깊고 안전한 동굴 속에서 나에게만 들리는 혼잣말을 계속하고 싶다. 다 큰 어른이지만 먼 기억 속 이야기에도 속상할 때가 있고 괜히 울적할 수도 있다고, 다 그럴 수가 있는 거라고, 내 마음에게 쉬지 않고 들려주고 싶다. 혹시 알까. 이런 혼잣말이 언젠가 내가 사랑하는 사람에게 닿을 수 있을지도. 언젠가 혼자, 지나간 기억에 울적한 당신에게 '무슨 생각을 해?' 눈으로 말을 거는 다정한 사람이 될 수 있을지도.

망가질까봐 다가갈 수 없는 사랑은 하고 싶지 않다. 망가지는 게 꼭 나쁜 건 아니라는 걸 알 것 같기 때문이다. 무엇을 망가뜨리고, 무엇을 수선하고, 무엇을 다시 세우고, 무엇을 멀리 치워두어야 하는지 이제 겨우 알 것 같기 때문이다.

생각해보면 나의 두 손은 언제나 꽉 차 있었던 것 같

다. 홀로 걷는다 생각했던 그 골목에서도 내 손을 잡아주던 누군가의 손을 그리워하고 있었으니까. 그의 손을 떠올리는 것만으로도 내 손이 따뜻해지는 걸 경험한 적 있으니까. 정말 그런 적이 있었으니까. 오늘은 어쩐지 다 달라지는 것 같다. 아름답고 기쁜 기억이 떠오른다.

단장

　　일요일 저녁 여덟시. 한주를 마무리하는 루틴이 있다. 거실장 안에서 꺼낸 플라스틱 상자 하나. 나는 상자에 들어 있는 손톱깎이로 손발톱을 자르고 족집게로 눈썹을 다듬는다. 거실장에는 자주 들여다보는 거울도 있다. 돌아가신 아버지의 거울. 내 얼굴을 비추지만 아버지가 보이기도 하는 거울.

　　왼손 엄지손톱부터 하나씩 다듬는다. 왼손을 다 다듬고 나면 다시 오른손 엄지손톱부터 하나씩. 오른손 검지손톱은 조금 더 시간이 걸린다. 조금 더 못생겼기 때문에.

　　열살 때까지 내 손발톱은 아빠가 다듬어주었다. 아빠는 손톱을 동그랗게 자르는 사람이었다. 동그란 손톱이 예쁘다는 이야기를 덧붙이며, 그래서 내 손이 예쁜 거라고 자꾸 말해주면서.

　이듬해 아빠와 떨어져 살게 되었을 때 나는 손발톱을 스스로 자르는 어린이가 되었다. 나에게 내 손톱은 너무 크고 너무 무거웠다. 아빠가 잘라주었던 모양 그대로, 가위로 색종이를 자르듯이 손톱을 잘랐다. 손톱 모양은 점점 변해갔고 나는 손톱을 자를 때마다 더 오랜 시간 정성을 들여야 했다. 손톱이 자꾸만 못생겨졌기 때문에. 그런 어느 날 손톱깎이로 오른손 검지손톱 밑을 깊이 건드리고 말았다. 울고 싶을 만큼 아팠고 왠지 화가 났던 것 같다. 서른아홉이 된 지금도 손톱을 자를 때면 묘하게 모양이 다른 손톱 하나가 내게는 보인다. 나는 속으로 내 손톱에게 말한다. '못생긴 손톱.'

　손톱이 예쁜 사람을 본 적이 있다. 거스러미 하나 없이 반듯하고 건강해 보이는 손. 어릴 적 그의 손톱을 잘라준 사람은 누구였을까 생각했다. 지금 눈앞에 보이는 그의 손톱을 처음 잘라준 사람의 손을 떠올리면서. 그와 마주 앉아 등을 구부린 채 눈을 깜박거리며 손톱을 하나하나 잘라주는 사람을 생각했다.

　나 역시 누군가의 손발톱을 잘라준 경험이 있다. 바로 아빠, 아버지. 내가 스물대여섯쯤 되었을 때 아버지의 몸에 갑자기 이상이 생겼고 우리는 다시 같이 살게 되었다. 단 둘이.

　처음 아버지의 발톱을 자를 때 나는 겁이 났다. 못생긴 내 손톱처럼 아버지의 발톱이 못생겨지면 어떡하지. 나는 정말 그런 걱정을 했던 것 같다. 아버지는 아름다운 것을 잘 아는 사람이었고, 깨끗하고 근사한 것을 좋아하는 사람이었으니까. 아버지는 잘생기고, 멋있는 사람이었으니까.

　아버지의 발을 들여다보았다.

　혹시 아버지가 부끄러워할까봐 아무 말이나 떠들었던 것 같다. 이상하지. 어릴 적 나는 한번도 아버지가 내 발톱을 잘라주던 걸 부끄러워한 적이 없었는데.

　아버지의 발톱은 너무 크고 무거웠다. 아무리 조심스럽게 잘라보려 해도 잘할 수가 없었다. 이리저리 자세를 바꿔보고 고개를 돌려가며 어떻게 하면 '동그랗고 예쁘게' 발톱을 자를 수 있을까 고민했다.

'내 발톱을 자르듯이 해보면 되지 않을까.'

나는 아버지와 마주 앉았던 자리를 옮겨 아버지 옆에 앉았다. 내 발을 만지듯이 아버지의 발을 쥐고 다시 하나하나 아버지의 발톱을 잘라갔다. 발톱을 다 자른 아버지의 발을 다시 들여다보았을 때 내 발이 아버지의 발을 닮았다는 것을 알았다. 잘생기고 멋있는 아버지의 발을 닮았다니. 문득 내 발이 조금 예쁘게 보이는 것 같아 약간 웃음이 났다.

마음이 맑아지는 것 같았다. 무거운 손과 발이 가벼워지고. 아버지가 나와 다르지 않고 내가 아버지와 다르지 않다는 분명하고 깨끗한 마음. 아버지를 바라보는 것이 아니라 잠시 잠깐 아버지가 되어버리면 앞으로 아버지를 돌보는 일도 무서울 것은 없다고, 걱정할 건 아무것도 없다고. 다 자른 아버지의 손발톱을 모아 버리던 그날, 나는 두려움도 같이 모아 버렸다. 대신 다른 마음을 심기로 했다. '마치 내 것을 하듯이.'

대학을 다닐 때 지역아동센터에서 근로장학생으로 일한 적이 있다. 어린이들에게 책을 읽어주거나 놀이학습을 함께하는 돌봄교사였다. 근무를 시작한 지 얼마 되지 않았을 때 이런 일이 있었다. 다섯살 남자 어린이가 화장실에 함께 가달라는 부탁을 했고, 대변을 보는 동안 나는 아이가 편안히 일을 마치도록 화장실 밖에서 기다렸다. 얼마 지나지 않아 아이는 또 한번 나를 불렀다.

—선생님. 저 다 했어요.

—응, 선생님 여기 있어. 걱정 마.

—선생님.

—응.

—저요…… 혼자 할 줄 몰라요.

나는 다섯살 어린이가 배변 후 스스로 뒤처리를 할 수 없다는 것을 몰랐다. 다른 사람의 배변처리를 어떻게 해야 하는지 몰랐고 더군다나 남자 어린이의 뒤처리를 해야 한다는 것이 두렵기까지 했다. 나는 아이가 놀라지 않도록 안심시키고 보육 선생님을 급하게 호출했다. 물론 우리 셋 중 놀란 사람은 나뿐이었지만.

아버지의 발톱을 자른 날, 이 아이의 목소리가 떠오르기도 했다. 그저 내 것을 하듯이 도와줄 수 있었을 텐데.

센터의 어린이들은 하나같이 깨끗하고 단정했다. 함

께 생활하던 보육 선생님들이 어린이들을 정성으로 돌봤기 때문이다. 그때 알았다. 한 사람이 근사하게 보이기 위해서는 보이지 않는 청결과 위생, 단장에 마음 쓰는 시간이 필요하다고.

여러 사람에게 돌봄을 받아야 하는 환경의 어린이라면 쉽게 보여주기 어려운 위생 문제에 어려움을 겪을 수 있다. 가정에서 부모로부터 뒤처리를 배우고, 적절한 위생 관념을 습득할 수 있는 환경이 아니라면 어린이는 어떻게 위생 교육을 받을 수 있을까. 단 한 사람이 아닌 여러 사람에게 자신의 뒤처리를 부탁해야 하는 상황이라면. 여러명의 보호자 중 성별이 다른 보호자에게 뒤처리를 부탁해야하는 상황이라면.

손톱을 자르고, 머리를 빗고, 입안과 귀를 깨끗하게 단장하는 일. 배변 후 몸을 깨끗이 하고 자리를 정돈하는 일. 누군가에게 보여줄 필요도 없고 보여주고 싶지도 않은 자신의 영역을 돌보는 일. 어린이를 도와주는 손이 필요하듯이 성인도 몸이 아프면 돌봄을 받는 상황에 놓일 수 있다. 할머니가 돌아가시기 전 병실의 할머니를 찾을 때마다 나는 할머니에게 묻곤 했다.

　—할머니, 귀 파줄까?

　귀를 닦고 나면 편안해하던 할머니의 얼굴은 내게 행복한 기억으로 남았다.

　할머니가 돌아가시고 장례 둘째 날, 염을 하고 수의를 입은 할머니의 입관이 치러지던 날이 떠오른다. 장의사는 우리 가족이 보는 앞에서 수의를 매만지고 마지막 단장을 마무리했다. 마지막 인사를 나누라는 신호를 주었을 때 나는 손을 들고 물었다.

　—저기…… 왜…… 귀는 안 닦아드려요?

　장의사는 가만히 나를 바라보다 소리 없이 미소지었다. 직접 해드리면 어떻겠냐고 손짓을 하며 내게 자리를 내어주었다.

　나는 할머니의 귀를 조심스럽게 닦았다. 이것이 내가 할머니에게 가장 잘한 일이 아닐까 생각하면서. 할머니는 정말 귀가 간지러웠을지도 모르니까. 귀가 간지러운 상태로 안식에 들 수는 없으니까.

　그때 내가 잠시 할머니를 돌보고 있다는 생각이 들었

다. 그런 생각을 하자 그 순간 할머니와 내가 무언가를 주고받은 것 같았다. 어려서 할머니의 돌봄을 받고, 할머니로부터 스스로 돌보는 법을 배운 내가 이제야 할머니를 돌보는 자리에 서 있는 것 같았다. 죽음은 예외 없이 완전한 타인의 돌봄을 요구하는 것이었다. 흙이 되고, 구름이 되고, 바다가 되어 완전히 되돌아갈 수 있도록.

할머니의 긴 병상 생활을 함께하면서도 나는 할머니를 돌보고 있다는 생각은 하지 않았다. 사람들은 쉽게 나를 효녀라 부르고, 착하다 말하고, 도리나 은혜에 대해 이야기하곤 했지만 할머니와 나 사이의 돌봄은 그렇게 단순한 것이 아니었다.

그후로 몇년이 지나 아버지의 발톱을 다듬을 때도 나는 쉽게 이름 붙일 수 없는 돌봄의 자리에 서 있었다. 우리는 때와 상황에 맞추어 수건돌리기를 하듯이 서로의 자리를 바꾸어가면서 계속 노래 부를 뿐이었다. 아버지를 끝까지 지키지 못했다는 죄책감에 노래는 중간에 멈추고 말았지만. 그러나,

할머니와 아버지, 두 사람은 죽음 후에도 나를 돌보러

온다. 어쩐지 쓸쓸해 창을 열며 마음을 달랠 때 구름이 있고 하늘은 맑고, 깨끗한 가을 공기가 들어온다. 두 사람은 이 모든 것이 되어 한꺼번에 내게 온다. 아버지의 거울을 꺼내어 하늘을 비추고 햇빛을 비추고 잠시 나를 비춰본다. 거울 속에는 내가 보고 싶은 사람들이 한꺼번에 숨어 있다. 나 역시 언젠가 구름이 되고 하늘이 될 것이라는 분명한 약속도 숨어 있다. 거울 속에서 손톱이 예쁜 어린이가 나를 안아주러 단숨에 나타나기도 한다. 안녕, 내가 아는 나의 어린이. 이 어린이를 어떻게든 미워할 수가 없다.

그때 생일 추카해요

어젯밤, 편지를 받았다. 시집서점 위트 앤 시니컬의 매니저 경화로부터. 경화는 차분하고 고요한 사람. 걸을 때도, 웃을 때도, 대화할 때도. 무엇 하나 넘치지 않도록 조심하는 사람. 처음 경화를 보았을 때 나는 단번에 그녀가 좋았다. 어떻게 그럴 수 있었을까, 단번에. 하지만 돌이켜보면 나는 언제나 그런 식으로 사랑에 빠지고, 친구를 만나고, 많이 기뻐해왔다.

어제는 위트 앤 시니컬에서 '때마침 시작하는 시' 2기 수업을 마치는 날이었다. 수강생들과 아쉬운 인사를 나누고 뒷정리를 이어가는데 언제나처럼 조용히, 경화가 다가왔다. 작은 선물이라며 내민 커다란 가방 안에는 배도라지

청과 작두콩차가 들어 있었다. 언젠가 내가 비염으로 고생하고 있다는 얘기를 흘리듯 건넸던 것 같은데 그걸 마음에 담아두고 비염에 좋다는 것을 이것저것 찾아본 것이었다. 이걸 받아도 되는 걸까 주저하고 있을 때 함께 동봉된 그림책을 발견했다.

『세상에서 가장 용감한 소녀』 매튜 코델, 비룡소 2018. 경화가 내게 주고 싶었던 진짜 마음이 '용감'이라는 글자 위에서 빛나는 것 같았다. 나는 그길로 당장 집으로 달려가고 싶었다. 따뜻하게 몸을 씻고 깨끗한 잠옷으로 갈아입고 이불 속에 발을 넣고 검은 개와 흰 개 옆에서 두근두근 박동하는 이 그림책을 펼치고 싶었다. 그녀의 커다란 선물을 가슴에 안고 집으로 향했다. 세상에서 가장 용감한 소녀, 기다려.

어느 날 이 책의 한 장면에서 지은 시인님이 문득 떠올랐어요. 지은 시인님에게는 주변을 선하게 만드는 힘이 있다고 생각해요. 그 힘은 결국 시인님을 지켜주지 않을까, 아늑과 다감 속에 머무를 수 있도록.

책 속의 편지. 부드럽고 깨끗한 글씨. 여렸다 진해지는 손글씨의 호흡에서 그녀의 목소리가 들리는 것 같았다. 문득 궁금해졌다. 이 책의 어떤 장면에서 나를 떠올린 걸까. 길 잃은 아기 늑대에게 다가서는 장면일까, 지켜야 할 것을 품에 안고 하염없이 눈밭을 거니는 장면일까. 아니면 소녀 혼자 집으로 돌아가는 이야기의 맨 처음, 그때부터였을까.

경화가 나를 떠올린 장면이 무엇인지는 알 수 없었지만, 주변의 공기를 바꾸는 용기는 결국 자신을 지킨다는 경화의 지혜를 되새기면서. 이 아늑하고 다감한 밤의 공기 속에서 나는 내가 아는 또다른 용감한 소녀들을 떠올렸다. 쌍둥이 자매 지아와 시아.*

대학교 3학년, 겨울방학 동안 학교와 연계된 아동센터에서 돌봄교사 일을 할 때였다. 센터에는 보육시설에서 생활하는 다섯살 어린이부터 방과 후 돌봄이 필요한 초등학생까지 다양한 사정으로 모인 어린이들이 있었다. 근무

* 가명. 지아는 지혜의 아이, 시아는 시의 아이라는 뜻으로 이름 지어보았다.

첫날은 어쩐지 긴장이 됐고 한꺼번에 많은 어린이를 사귀는 것이 수줍기도 했다. 어린이들은 처음 보는 나를 어색해하면서도 궁금해하는 눈치였다. 그때 센터의 유리문 밖으로 작은 소녀 두명이 보육 선생님의 손을 잡고 서 있는 모습이 보였다. 언뜻 보기에도 다른 어린이보다 어려 보이는 쌍둥이 소녀, 지아와 시아였다. 둘은 그날 새로 온 어린이였다.

지아와 시아는 한꺼번에 관심을 보이는 언니 오빠들 앞에서 부끄러워 얼굴을 숨기기 바빴다. 나는 지아와 시아에게 작게 속삭였다.

—나도, 오늘 여기가 처음이야.

내가 찡긋 눈인사를 하자 지아와 시아는 커다란 앞니가 드러나도록 웃어 보였다. 쌍둥이 자매는 단번에 나와 가까워졌다.

돌봄교사의 일과는 이런 식이었다. 정해진 시간표에 따라 학습과 숙제를 도와주고 함께 식사를 하고 어린이들의 안전을 살피는 것. 가끔 체험학습을 떠나는 날은 조금 더 챙기고 살펴야 할 것이 많았지만 대체로 어린이들과 하루하루를 재밌게 보내는 것이 내가 해야 할 일이었다. 어린이들과 신나게 놀고 집으로 돌아오면, 나의 작은 방에는 아픈 아버지가 누워 있었다.

갑작스러운 병환으로 나와 함께 생활하게 된 아버지는 종일 라디오를 들었다. 아버지와 함께 저녁을 먹으며 나는 아동센터에서의 일과를 나눴고 아버지의 또다른 라디오가 되어 떠드는 그 시간이 좋았다. 아버지는 한번도 본 적 없는 지아와 시아를 나만큼이나 애틋해했다. 가끔 지아와 시아는 내게 부모님에 대한 이야기를 지어내 들려주곤 했는데 나는 그럴 때 어떻게 대처해야 할지 아버지와 상의하곤 했다. 우리는 어린이들은 타고난 이야기꾼이라는 것에 공감했고, 아버지는 지아와 시아의 이야기 속에서 어린 내가 보이는 것 같다고 했다. 어쩌면 어린 내 곁에 있어주지 못한 지난날의 자신을 보고 있었는지도 모르겠다.

일터였지만 나는 아동센터가 좋았다. 똑같은 장소에서 매일 다른 이야기가 펼쳐지는 그곳이 좋았다. 어린이들에게도 마음이 전해졌던 걸까. 어느 날부터 어린이들은 내게 편지를 써오기 시작했다. 그렇게 날마다 편지를 받는 일상이 시작되었다.

'샘, 안녕하세요, 부자 되세요, 문화상품권, 누르면 행복' 같은 맥락을 알 수 없는 편지부터 내가 있어서 센터에 오는 것이 좋아졌다는 어린이도 있었다. 저마다 다른 부모와 형제를 가지고, 다른 역사와 환경 속에서 모인 어린이들은 멀리서 보면 비슷한 그림을 그리고 똑같은 편지를 쓰는 것 같았지만 들여다볼수록 하나하나 고유하고 특별하게 반짝였다. 나는 매일 편지를 모아 아버지에게 보여주었다. 마치 상장을 받아 온 것처럼. 어린이들의 편지는 나의 자랑이었고 아버지의 휴식이었다.

아동센터에서 보낸 겨울방학은 유난히 짧았다. 마지막 출근 날, 나는 꼭 전학을 앞둔 학생이 된 기분이었다. 어린이들은 그날도 편지를 써왔다. 그사이 지아와 시아도 한글이 늘어 언니 오빠들처럼 편지를 적어 왔다고 했다. 지아는 문장이 끝날 때마다 작은 하트를 그려 넣었고 '지아 올림'이라는 끝인사도 빼놓지 않았다. '정마 감사합니다'라는 귀여운 문장은 나를 더 기쁘게 했다. 시아의 편지는 '최지은 선생님에게'로 시작했다.

최지은 선생님에게 ^_^

사랑해요 •⌒＜

감사합니다 ^0^

1년 동안 사랑해요 ■

2년 동안 감사합니다 ▲

3. 정말 사랑해요 ●

4. 정말 감사합니다 ★

5. 그때 생일 추카해요 ♥

사랑해요 ♥

　이제까지 배운 숫자와 도형, 인사말을 모두 모아놓은 편지였다. 무엇보다 '그때 생일 추카해요'라는 말에 오래 마음이 머물렀다. 이제까지의 생일과 앞으로 다가올 모든 생일을 힘껏 축하하는 그 말이 참 좋았다.

　시아는 태어남의 기쁨과 축하의 즐거움을 잘 알고 있는 것 같았다. 그 기쁨을 내게도 건네고 싶었을 시아의 마음을 생각했다. 내 생일을 모르는 까닭에 '그때'라는 적확

한 단어를 떠올린 것도 놀라웠다. 시아의 편지를 받은 후로, 나의 생일에는 언제나 시아의 축하가 먼저 도착해 있었다. 나는 언제든 그 말을 꺼내어 스스로에게 들려줄 수 있었다. 지아와 시아는 어떤 생일을 지나고 있을까 자주 궁금해하면서.

편지는 편지를 쓰고 있는 손을 상상하게 한다. 살포시 연필을 쥐고 글자 위를 지나가는 손. 쓰던 이야기를 잠시 멈추고 창밖을 향하는 눈. 포착하는 구름과 이름 모를 새. 다시 이야기를 이어가는 손.

편지는 손과 함께 도착한다. 한 글자 한 글자 눈송이가 내려앉듯 다가오는 마음. 때때로 읽던 것을 멈추고 창밖을 향하는 눈. 편지를 주고받는 둘은 따로 떨어져 잠시 함께 흔들린다.

나는 지아와 시아에게 자주 편지를 써왔다. 지아와 시아는 알까. 내가 쓴 몇편의 시가 둘을 향한 편지이자 사랑과 우정의 기록이었다는 것을. 내가 가장 어두웠을 때 지아와 시아가 있어 나를 돌볼 용기를 낼 수 있었다는 것을. 존재만으로도 사랑스럽고 어여뻐 누군가에게는 아픈 몸을 잊을 수 있는 쉼이 되어주었다는 것을. 언젠가 꼭 이야기하고 싶었다. 그 겨울의 쌍둥이 자매를 생각하는 것만으로도 내게 수신되는 편지에 대하여. 구운 설탕 냄새가 나는 가을 계수나무, 흰 구름과 직박구리, 쑥부쟁이와 개망초, 낙엽을 풀썩이며 내달리는 강아지, 막 잠에 들려 하는 길고양이의 나른한 표정마저 내게 도착하는 답장이 된다는 것을. 보내는 사람과 받는 사람 사이 어떤 시차도 기다림도 없이 손바닥을 펼치면 바로 도착하는 편지에 대하여 들려주고 싶었다.

때때로 어떤 편지를 읽고 있으면 느리게 눈송이가 내려앉는 것 같다. 홀가분하고 가볍게. 넓고 환하게. 어디서부터 출발한 것인지 가늠할 수 없을 만큼 아주 멀리서부터 내게 온 눈송이를 상상해본다. 단번에, 사랑을 떠올리는 것이다.

지금은 또 하나의 눈송이를 생각한다. 쌍둥이와의 추억을 함께한 나의 아버지. 언젠가 내가 아버지에게 편지를 쓸 수 있을까. 그런 용기를 낼 수 있을까. 잘 모르겠다. 그렇지만,

'세상에서 가장 용감한 소녀'는 언제나 나를 기다리고 있지 않을까. 나보다 조금 더 용감한 그 소녀가 너무 오래 기다리지 않도록 나는 하루씩 더 용감해지고 싶다. 어쩐지 소녀 옆에서 아버지가 함께 나를 기다리고 있을 것 같다.

나는 얌전히

눈이 내렸다. 주말이었고 저녁이 가까워오는 오후. 남편은 다소 긴 낮잠에 들었고 나는 어쩐지 잠도 오지 않고 혼몽해 눈이 내리는 하늘을 올려다보며 거실 창가에 앉아 있었다. 이유를 알 수 없이 마음이 가라앉았고, 그건 한없이 내려앉는 눈의 리듬 때문이 아닐까 생각했다. 아득하게 먼 하늘에서 내려오는 눈. 허공에서 피어난 것인지 땅에서 솟아오른 것인지, 회색빛 하늘 아래 혼란하고 재빠른 움직임들. 혼자 노래를 흥얼거리기도 했고 가사를 새삼스럽게 되짚어보다 잠깐 눈물이 흐르기도 했다. 후회 없이 사랑했노라 말해요, 같은 가사들.

이날의 평화로운 거실 풍경은 며칠 뒤 잊고 싶은 장면

이 되어 나의 기억 속에 남았다. 나를 미워하고 꾸짖고 후회하게 만든 기억 속에.

*

　모르는 전화번호였다. 지역번호 0××으로 시작하는 모르는 번호. 0××으로 시작하는 번호는 언제나 나를 불편하게 했기 때문에 받지 말까, 잠시 망설였던 것도 같다. 모르는 남자였다. 예를 갖추었지만 난감함이 묻어나는 목소리. 아버지의 자살을 알리는 전화였다.

　나는 점심을 먹고 회사로 돌아가는 길이었고, 바로 다시 전화를 걸겠다 말하고 급히 전화를 끊었다. 무엇을 할 수 있었을까. 나는 혼란 속에 서 있었다. 몇년간 같은 층에서 근무한 선배가 다가와 무언가 이상해 보이는 내게 괜찮은지를 물었고 나는 대뜸 선배에게 말해버리고 말았다.

　─아빠가 돌아가셨대요.

　─어떡해.

　선배는 나보다 더 놀란 얼굴이 되었다.

—전화를 다시 해야 하는데 이 전화기를 어떻게……
어떻게 거는 건지 잘 모르겠어요.

　선배는 내 휴대전화를 받아들었다.

　—내가 걸어줄게.

　이날 우리의 짧은 대화는 믿을 수 없이 선명하다. 고
마운 사람에 대한 아주 선명한 미안함 때문일까. 그 뒤의
일들은 누군가 내 기억을 훔쳐간 것처럼 지저분하게 사라
져 나는 또다른 혼란 속에 서 있어야 했지만.

　장례를 마치고 집에 돌아왔을 때. 아버지가 돌아가신
지 보름쯤은 된 것 같다는 검안의와의 통화를 복기하고 있
었을 때. 나는 거실 창을 바라보며 보름 전 내리던 눈을 떠
올렸다. 낯설 만큼 평온했던 그날의 나를 다시 그 자리에
앉히고. 어쩌면 그때였을까. 어쩌면 그 순간이었을까. 어쩌
면 그 모든 눈송이가 아버지가 보낸 신호는 아니었을까. 너
무 많은 눈송이. 셀 수 없는 눈송이들. 숨 막히게 흐린 하늘.
그 모든 것이 아버지의 목소리가 아니었을까. 아버지의 죽
음을 알기 전 보름 동안, 내게는 너무 많은 기쁨이 있었다.

*

가까스로 일상을 유지하고 있었지만 돌이켜보면 나는 많이 아팠다. 자주 놀라고 자주 멍해지고 과하게 웃고 과하게 말을 쏟아내다가도 한없이 차가워지고 잠들지 못하고 먹지 못하고 아버지가 죽음을 선택했던 순간을 상상하다 숨이 차오르곤 했다. 무엇보다 점점 차를 타는 것이 어려워지기 시작했다. 아버지의 자살 현장으로 달려가는 차 안에서 내 전화기는 끊임없이 울려댔다. 경찰, 검안의, 행정 관계자와 통화를 나눠야 했고 운구 차량을 알아보고 장례를 치르기 위해서도 해야 할 일이 많았다. 사고 수습을 위한 관계자들의 사소한 질문마저 나를 탓하는 것처럼 느껴져 괴로웠다. 뒤늦게 소식을 들은 친척어른의 전화 역시 그때 울려왔다. 그녀는 나를 탓하기 위해 험한 말을 쏟아냈다. 그 모든 말들 속에서 멀미가 심하게 몰려왔다. 그때부터 차를 타면 이유를 알 수 없이 숨통이 막혀왔다. 처음에는 택시. 그다음에는 버스. 그후에는 지하철. 비행기. 점점 일상이 좁아지고 쉬이 움직일 수 없는 사람이 되어갔다. 내가 왜 이럴까 생각할수록 그날 친척의 전화가 무언가를 어그러뜨린 것은 아닐까 하는 생각이 들었다. 이번엔 내가 그녀를 탓할 구실이 필요했다.

그렇지만, 내게 소리를 치던 그녀도 사실은 너무 무서웠던 건 아닐까. 누구라도 탓하지 않으면 견딜 수 없을 만큼 아파서 그 순간 나라도 공격해야 했던 건 아닐까. 너무 약해지면 악해질 수도 있지 않을까. 숨통이 막혀올 때 나는 가끔 그날 그녀의 마음을 생각한다. 우리 마음이 어느 날 갑자기 다쳤던 것처럼 어느 날 갑자기 조금 나아졌으면 하고. 아주 조금만 더 괜찮아졌으면 하고.

*

이상한 일이었다. 뉴스를 접할 때면 자살과 관련한 기사가 너무 많았다. 다리에서 뛰어내리겠다거나 목을 매라는 대화를 장난치듯 주고받는 사람들을 볼 때면 몸이 얼어붙었다. 버킷리스트라는 말은 섬뜩하게 들렸고, 자살이라는 단어를 떠올리는 것만으로도 심장이 빠르게 뛰었다. 자살이라는 단어의 의미를 이해할 수 없었다. 무언가 치유되어야 한다는 절박함이 있었지만 그건 나 자신의 것이 아니라 생각했다. 나는 가장 나중에 치유되어야 할 사람이었다. 나는 더 아파야 했고 나는 더 혼나야 했고 더 망가져야 할 사람이었다. 나는 나에게 나쁜 사람이 되어갔다.

　　가장 어두웠던 그 시기에 시를 쓰기 시작했다. 늘 아버지의 죽음을 생각했고, 물, 돌멩이, 얼음, 그네같이 비밀을 품고 있는 나의 단어로 아버지의 죽음을 기록해나갔다. 할 수만 있다면 모든 것을 숨기고 싶었지만 그럴 수 없었다. 숨길 수 없었으니까. 시를 쓰기 시작한 필연이 아버지의 죽음에 있다는 것이 여전히 시가 어렵고 불편한 이유가 되는지도 모르겠다. 가장 가까이 있어주었던 것이 시였는데도 불구하고. 그래서 시에게는 마음을 다하고 싶은 순정이 있는 것인지도 모르겠지만.

*

　　이런 사사로운 이야기를 쓰려던 건 아니었다. 더욱이

이렇게 누군가를 미워하는 마음을 드러내리라고는. 하지만 아버지의 죽음은 자꾸만 예상 밖의 일을 저지르게 한다. 생각지 못한 방식으로. 다만 부정할 수 없이 이것이 나의 이야기라는 것을 안다.

내 몸을 흐르는 이야기. 여전히 생생하게 살아 있으며 때때로 더욱 짙어지는 이야기. 왜 이야기를 참을 수 없는 걸까. 왜 이것 없이는 다음 문장으로 건너갈 수 없는 걸까. 나는 이해하지 못한다. 다만 나와 같은 누군가가 내게 똑같은 질문을 던진다면 마음을 다해 들려주고 싶다. 하고 싶은 걸 하라고. 했던 이야기라도, 아무도 듣지 않는다 해도, 듣고 싶은 말이 들릴 때까지 스스로 말하라고 이야기해주고 싶다.

*

한없이 가라앉다 시선을 옮겨본다. 창을 열자. 그래, 바람을 들이자. 물을 마시자. 한잔 더. 깨끗한 물을 마시자. 나가자. 천변을 걷자. 시장 사이를, 대로변을, 골목 사이사이를 두 귀를 열고 걷자. 청소를 하자. 빨래를 돌리고. 서랍을 비우자. 버려야 할 것을 버리자. 다시 한없이 가라앉으면 과거의 내가 지금의 나에게 말한다. 창을 열자. 그래, 바람을 들이자.

고개를 돌리거나 시선을 옮기는 것만으로도 새로워진다. 다시. 고개를 돌리거나 시선을 옮기기. 또다시. 고개를 돌리거나 시선을 옮기기.

책장으로 걸음을 옮긴다. 춤추는 고양이 차짱, 포치가 온 바다, 꽃들의 말, 섬 위의 주먹, 나의 바람, 나는 강물처럼 말해요, 새의 심장, 이름을 알고 싶어, 우리 눈사람을 지나서 여름의 잠수를 집어 든다. 빨강에 다홍빛 물감을 조금 더 풀어 넣은 수영복을 입은 두 사람, '소이'와 '사비나'. 오늘은 이런 생각을 다 했다. 올여름엔 이런 수영복을 입어 볼까.

왜 어떤 사람은 살고 싶지 않을까?

개가 있고 나비가 있고 하늘이 있는데.

어떻게 아빠는 살고 싶은 마음이 안 들까? 내가 세상

에 있는데.

왜 그런지는 아무도 몰랐다. 그냥 그랬을 뿐.

―사라 스트리츠베리 글·사라 룬드베리 그림『여름의 잠수』,

이유진 옮김, 위고 2020.

아빠의 세상에는 내가 없었던 걸까. 나를 사랑한다면 그럴 수는, 그럴 수는 없는 일이었다. 알 수 없다. 세상에는 내가 영원히 알 수 없는 것이 있다. 나 하나만큼은 영원히 모르는 것이 있다. 모른다는 것을 아는 것. 나는 영원히 아빠를 알 수 없다는 것을 이제는 안다.

*

책을 들여다보는 일이 한 사람의 눈을 지그시 바라보는 일처럼 느껴질 때가 있다. 서로의 눈을 맞추고 살갗을 스치지 않고 소리 없이 서로를 만지는 일. 내가 잊고 있던 이야기마저 나보다 먼저 와 들어주는 일. 나는 그런 식으로 몇몇의 작가를 깊이 사랑했다. 내가 가장 어두울 때 나를 만지는 눈. 나만 준비되었다면 언제든 나를 안아주는 눈.

소이와 사비나가 눈 맞추듯이.

*

한 사람의 부재는 세계를 전에 없던 방식으로 뒤흔든다. 한 사람이 스스로 사라진 구멍은 그가 존재했던 세계를 무너뜨린다. 한 사람의 자살은 남은 사람의 세계를 틀림없이 파괴하고 영영 복구할 수 없는 흔적을 남기고 만다. 녹지 않는 눈송이가 허공에 멈춰 있는 '겨울' 속에 한참을 가두어두기도 한다. 그래서 나는 두렵다. 내가 또다른 누군가를 아프게 할까봐. 이파리 하나라도 상하게 만들까봐. 나는 얌전히 조심한다. 사라지지 않는 누군가의 숨결이 내 안에서 흐르는 것을 느낀다. 가끔 그가 내게 말한다.

창을 열자. 그래, 바람을 들이자.

르트루바유

크리스마스를 앞둔 주말, 남편 차를 타고 장을 보러 나섰다. 수많은 차량으로 마트 주차장은 혼잡했고 우리는 주차할 곳을 찾아 지하 2층, 지하 3층, 계속 더 아래로 내려가야 했다. 지하 6층에 진입하려 통로에 들어섰을 때 가슴이 답답해져왔다. 늘어선 차량, 깜박이는 비상등, 붉은 불빛. 다시 공황장애 증세가 시작된 것이다.

좁고 어두운, 영영 끝날 것 같지 않은 터널에 갇힌 듯한 공포였다. 나는 눈을 감고 남편의 손을 찾았다. 이런 일이 있을 때마다 남편은 놀란 기색 없이 "괜찮아" 짧게 말한다. 남편과 나는 같은 공간에 있지만 다른 세계를 마주하고 있는 것 같다. "아무 일도 없어. 의자 젖히고 잠깐 누워봐."

남편은 내가 안정될 때까지 말을 덧붙이지 않는다. 진정되지 않는 불안은 점점 더 나를 터뜨릴 것 같다.

힘껏 정신을 붙잡으며 나를 사로잡은 공포가 실은 아무것도 아니라고 되뇐다. 큰일이 난 것처럼 신호를 보내오는 몸에게 이건 위급 상황이 아니라고, 잠시 혼선이 생긴 것 같다고 말을 걸어보기도 한다. 가능한 한 감각을 내려놓고 내 몸에서 일어난 공황장애에 대해 '생각'해본다. 얼마나 지났을까. 길어야 3분 남짓. 머리를 짓누르던 통증이 가라앉고 호흡이 편해진다. 남편의 손을 놓으며 나의 몸에게 한번 더 말을 건다. '잘했어. 안전해. 다 지나갔어.' 호흡을 되찾은 나는 고통 속에 있던 나를 격려할 수 있게 된다. 지나갈 것이 지나고 난 뒤에는 단숨에 터널이 걷힌 것 같은 안도를 잠시 누린다.

*

차에 타는 걸 좋아하던 때가 있었다. 대학 시절 서울에서 혼자 생활을 꾸려갈 때, 고속버스를 타고 전주에 있는 집으로 향하던 세시간 남짓의 여정을 특히 좋아했다. 언제나 혼잡한 고속터미널은 어수선하면서도 생기 있었다. 티켓을 사고 승차 시간을 기다리며 수많은 사람을 스쳐 보내고 출발 시간보다 이르게 버스에 올라 거듭 좌석 번호를 확인하다 마침내 내 자리를 찾아 앉는 일. 모든 과정이 자연스러웠다. 버스 구석 자리에 앉아 등을 기대면 몸이 나른해져왔다. 돌아갈 집이 있다는 작은 기쁨과 안도에 자꾸 잠이 쏟아졌다.

　잠시 휴게소에 정차할 때도 나는 단잠에 빠져 정신을 차리지 못했다. 그때 나에게 버스는 그간의 긴장과 경계를 내려놓을 수 있는 안전한 공간이었다. 버스가 매섭게 달릴수록 나는 더 깊이 잠에 빠졌다. 몸 안에 가득 차는 몽롱함이 좋았다. 달고 깊었다. 집에 도착해 문고리를 돌리며 "할머니, 나 왔어!" 소리를 높일 때보다 집으로 가는 도로 위에서 더욱 집을 느꼈다. 삭막하고 매끄럽고 차가운 고속도로. 분명 거기에 나의 집이 있었다.

　버스 안은 승객들의 숨이 섞여 공기가 탁했다. 한겨울이면 두 뺨엔 열이 오르고 발끝은 차가워졌고, 한여름엔 지나친 냉방 때문에 얇은 카디건을 모포처럼 덮고 '춥다, 춥다' 몸을 떨기도 했다. 춥든 덥든 버스 안에서 나는 깊은 잠을 잘 수 있었다. 짐을 내려놓고 밀린 잠을 몰아 자는 방랑객처럼 쏟아지는 잠을 주체할 수 없었다.

어느새 도착한 전주. 버스들이 반원을 그리며 나란히 주차된 시내 터미널. 몸이 채 깨지도 않은 채 버스에서 내릴 때면 도착했다는 안도가 밀려왔다. 이 달콤한 안도를 위해서라도 나는 다시 이곳을 떠날 거라고 막 도착한 터미널을 빠져나올 때마다 생각했다. 한겨울이든 한여름이든 전주의 공기는 달고 부드러웠다.

*

이유 없이 밤 깊도록 잠들지 못해 뒤척이는 날이 있다. 결국 몸을 일으켜 침대를 빠져나와 불 꺼진 거실을 지나 불 꺼진 서재로 들어가 책상 앞에 앉는다. 여전히 불은 켜지 않은 채 오래전 고속도로 위의 잠, 나의 집을 생각할 때가 있다. 지금 나의 집은 어디인가. 어두운 서재, 잠든 집을 머릿속으로 둘러보는 것이다. 두마리의 개가 잠들어 있는 밤이 그려진다. 남편의 무릎 아래 차가운 두 발을 밀어넣으며 몸을 녹이는 순간도 스쳐간다. 원경으로 더 높이, 더 멀리서 나의 집을 내려다본다.

디오라마를 들여다보듯 내 머릿속의 세밀한 기억들을 둘러본다. 나를 쉬게 하는 기억들. 나의 집은 내가 살아 있다고 느끼는 모든 시간 속에 있는 것 같다. 이야기가 끝난 뒤 남은 두개의 빈 찻잔, 세마리의 오리가 사는 천변, 애리조나의 별빛들, 화초에 돋아난 싹을 발견한 어느 아침. 그러고 보면 나는 자주 집을 잊고 사는 것 같다. 이렇게나 도처에 널린 집을.

할머니와 아버지의 집은 어떨까. 봉안당의 한기가 손등을 스치는 것 같지만 그 작은 항아리가 전부는 아닐 것이다. 나와 함께 밥을 먹고 잠을 자던 허름한 집들과 아주 다르지도 않을 것 같다. 내가 상상할 수도 없이 기묘하고 신비로운 낯선 곳일지도 모른다. 너른 정원, 처음 보는 커다란 흰 개가 뛰어나오는 방, 벽을 뚫고 자란 나무, 언젠가 꿈속에서 본 그 집들처럼. 허공에 떠다니다 사라지는 비눗방울처럼 수많은 이미지들이 머릿속에 톡톡 떠오르고 사라진다.

*

르트루바유 retrouvailles . 프랑스어로 "서로를 다시 찾는 일. 오랜 시간 떨어져 지내다 다시 만났을 때 느끼는 기쁨. 사람과의 관계뿐 아니라 좋아하는 장소로 되돌아오는 일"마리야 이바시키나 『당신의 마음에 이름을 붙인다면』, 김지은 옮김, 책읽는곰 2022 을 뜻하는 단어라고 한다. 르트루바유. 처음 이 단어를 만났을 때 막힘없이 내달리던 나의 고속버스가 떠올랐다. 그 생각만으로도 무언가를 다시 찾은 것 같았다. 보고 싶은 사람을, 보고 싶은 마음을 되찾은 것 같았다. 볼 수 없어도 보고 싶은 마음만으로 멀어지지 않는 사람. 도무지 멀어질 수 없는 사람. 내게 그런 사람이 있다는 사실만으로도 벅차고 충만했다. 그것만으로도 집에 잘 도착한 것 같은 기분이었다.

할머니와 아버지는 나의 영원한 르트루바유가 될 것

이다. 그저 떠올리는 것만으로도 내가 어딘가로 나아갔었다는 감각, 어딘가로 돌아왔다는 실감, 언제든 돌아오고 또 떠날 수 있다는 사실을 다시 지각한다. 그렇게 하기로 했다. 내가 언제 어디에 있어도, 돌아가고자 마음먹는 그 자리에서 우리는 재회하게 될 것이라고.

나는 내가 많은 집을 가졌으면 좋겠다. 계속해서 나의 집을 찾고 만들어가면 좋겠다. 잃어버린 집은 잃어버린 것으로 두고, 새로운 집을 짓고 발견했으면 좋겠다. 이 세계에서 숨 쉬는 동안 모든 곳이 나의 집이라고, 두려워할 필요 없다고. 공황에 빠져 죽음을 생각할 때조차 나는 집에 있다는 사실을 떠올릴 것이다.

자주 헤매고 어수선하고 불안이 많은 나 역시 누군가에겐 단 하나의 집이 될 수 있다는 걸 기억하고 싶다. 결국 나를 지키는 것이 나를 사랑하는 사람을 지키는 일이라는 것을 잊어선 안 된다. 사랑하는 사이에서는 이런 방식으로 서로를 지킨다는 걸 상실과 재회와 사랑의 굴레 속에서 배웠기 때문이다.

당신의 여름 과일이 궁금합니다

냉장고에서 과일을 꺼냅니다. 달고 시원한 향기가 나는 빨간 과일. 한입 베어 물면 갈증이 사라지고 어느새 강아지가 꼬리를 흔들며 한껏 기대하고 올려다보는 과일.

무엇일까요.

집 근처 성내시장. 다섯살의 나는 할머니와 마주 서 있습니다. 할머니는 직접 뜨개질을 한 하얀색 레이스 조끼를 입고 있고, 나는 고집을 피웁니다. 조금 전에 산 수박을 내가 들겠다고 떼를 씁니다.

—안 돼. 무거워.

—내가 하고 싶어. 한번만.

또렷이 기억납니다. 꼭 한번 내 힘으로 수박을 들고

싶었던 어린이의 마음. 바로 베어 물 수 있는 수박 조각이 아니라 커다랗고 둥그런 수박을 들고 싶었던 마음. 난데없는 부탁에 할머니는 노끈을 꼬아 만든 수박끈 손잡이를 내게 건네주려 합니다. 끈이 내 손바닥에 놓인 순간, 아니 내가 끈을 쥐었다고 생각한 순간, 아니 이 탐스럽고 둥그런 수박을 드디어 내 힘으로 들었다고 생각한 순간, 수박은 그대로 떨어집니다.

빨간 과육이 보기 좋습니다. 향긋한 단 냄새가 퍼지고 바닥에 쪼개진 수박은 빛을 받아 반짝였어요. 그걸 내려다보는 어린이의 마음에는 무언가 뜨거운 것이 차오르고 있습니다.

내가, 뭔가를 잘못했구나.

할머니가 화났을까 걱정하면서 부끄러워 어쩔 줄 몰라 할 때 할머니는 쪼개진 수박을 붙여 모아 가슴에 안아 듭니다.

—거 봐. 못 든대두.

할머니는 수박을 안고 다시 걸어갑니다. 할머니의 하얀 레이스 조끼는 너무나 희고 밝아서 나는 할머니가 멀게 느껴지고. 할머니는 뒤따라 걷는 내게 화를 내지 않습니다.

그 수박이 지금 눈앞에 있는 것 같아요. 깨끗이 씻어 커다란 도마 위에서 제일 잘 드는 칼로 잘라낸 수박에서 그날의 단 냄새가 느껴집니다. 깨먹을 걸 알고도 내게 수박을 건네주던 할머니로부터, 화를 내거나 실망하지 않고 갈 길을 가던 할머니로부터, 쪼개진 수박을 손으로 모아 가슴으로 안았던 할머니로부터 달고 시원한 향이 납니다.

나는 순한 어린이였습니다. 크게 말썽을 피우거나 무언가를 요구하는 어린이가 아니었어요. 조손가정의 어린이로서 '나는 할머니를 힘들게 하지 말자, 무엇이든 적당히 잘하자' 하는 마음이 늘 앞섰습니다. 조용하고 희미하지만 커다랗고 무변하게 늘 내 앞에 서 있던 그 마음이 무엇인지 그때의 어린이는 몰랐지만 할머니는 걱정했을지 모릅니다. 내 앞에 서 있는 그것이 나보다 더 크게 자라날까봐. 나를 넘어서 막아 세울까봐. 할머니는 보여주고 싶었는지도 몰라요. 네가 잘못해도 네가 무언가를 망가뜨려도 네가 실패해도 '다 괜찮다, 그럴 수 있다'는 것을 보여주고 싶었는지도 모릅니다. 그래서 시장 골목에 서서 수박을 들고 집에 가겠다는 다섯살 어린이의 요청을 수락한 건지도 모르 겠어요.

두부나 콩나물 심부름을 했던 기억이 있습니다. 오백 원짜리 동전이나 천원짜리 지폐를 들고 저녁거리를 사러 가던 골목이 기억납니다. 심부름은 아니었지만 할머니를 도왔던 사소한 일도 떠오릅니다. 내가 중학교에 입학하기 전 할머니는 부업을 시작했습니다. 클리어파일 안에 종이 를 한장씩 집어넣는 작업이었어요. 나는 학교가 끝나면 바 로 집으로 가 부업을 도왔습니다. 하다보니 자꾸 빨라지는 속도에 할머니보다 내 작업량이 많아지고 할머니는 빠르 게 종이를 넣는 내 모습을 신기해하고. 잘한다고 생각하니 계속하고 싶어졌고 더 빠르게 더 많은 종이를 넣고 싶었습 니다. 할 수만 있다면 할머니가 파일을 더 많이 집으로 가 져왔으면 좋겠다고 생각하면서요. 그러던 어느 날 할머니 는 학교에서 돌아온 내게 더이상 부업을 도와주지 않아도 된다고 말했습니다. 나는 계속 하고 싶은데. 할머니와 나란 히 앉아 할머니 곁에서 무언가를 하는 것이 좋았는데요. 아 주 나중에 알게 됐습니다. 내가 작업한 파일에서 불량이 여러개 나와 제값도, 일감도 받지 못하는 일이 잦았다는 걸. 할머니는 그때 내게 무슨 말을 해주고 싶었을까 가끔 궁금합니다. 수박을 깨먹은 나에게 왜 짜증도 내지 않았느냐고 여전히 묻고 싶은 날이 있고요. 그러나 답을 들을 순 없어요. 할머니가 돌아가신 지도 17년이 지났으니까.

두부를 굽고 콩나물밥을 짓는 저녁이면, 눈앞에 두부와 콩나물이 있어도 할머니의 심부름을 다녀오고 싶을 때가 있습니다. 할머니의 심부름을 생각하는 것만으로도 괜찮아지는 마음이 있으니까요.

하고 싶지 않은 일이 쌓여 있고, 할 수 있는 건 아무것도 없을 때. 미워하는 사람의 실없는 농담에 장단을 맞추다너무 크게 웃어버렸을 때. 알 수 없는 불안 때문에 버스에서 지하철에서 도망치듯 내리고 말았을 때. 아무것도 먹고싶지 않을 때. 며칠 내내 보이지 않던 길고양이가 새끼를데리고 다시 나타났을 때. 놀이터의 아이들이 땀 흘리며 놀고 있을 때. 내가 읽고 싶은 시를 쓸 때. 같이 사는 강아지가 아무 이유 없이 다가와 가만 눈을 맞출 때.

할머니라면 이럴 때 나에게 어떤 심부름을 줄까. 어떤

말을 들려줄까. 할머니의 해답을 상상하면 조금 덜 속상해지는 마음이 있습니다. 두려움도 미움도 잊어버리고 문득 '다 괜찮다, 그럴 수 있다' 하게 되는 마음이. 그러니 매일 아침 현관문을 나서며 상상합니다. 저 방에서 할머니가 나와 오늘 나에게 하나의 심부름을 준다면 무얼까.

—기쁘렴. 기쁘게 집으로 돌아오렴.

한번 해보는 거죠. 시작은 매번 어렵지만. 마음껏 기쁘고 기쁘게 돌아오기로. 문득 그렇게 시를 쓰고 싶고요. 돌아온 그 자리에는 처음 문을 열 때와는 완전히 다른 기쁨이 기다릴 것 같습니다. 여기까지. 나의 첫 여름 과일 이야기입니다. 당신의 여름 과일은 무엇인가요? 한번은 꼭 묻고 싶었어요.

3부

나를 기다리는
이야기

오틸라, 제가 이룬 것을 보세요

한밤중 갈증에 잠이 깰 때면 한동안 가만, 어둠 속에 앉아 있다. 발밑에 자고 있는 검은 개를 깨울까봐, 잠결에 발을 잘못 디뎌 개의 여린 발을 밟을까봐 조심하는 마음에서다. 검은 개의 몸이 방의 어둠보다 더 짙게 보일 때까지 사위의 어둠을 눈에 익힌다. 점차 방의 윤곽이 드러나고 저만치서 잠에 빠진 개가 눈에 들어오기 시작하면 느리게 몸을 움직인다. 조심히 어둠 속을 걷는다. 물 한모금을 마시고 다시 누울 때까지, 곤한 잠에 빠진 개를 보고 있으면 부듯해진다. 부드러운 어둠 속으로 미끄러지듯 그대로 깊은 잠에 빨려 들어갈 것 같다.

갑자기 가슴이 답답해 깨어난 밤에도 가만, 어둠 속에

앉아 있다. 이 어둠 속에는 틈이 없다. 어둠은 꼼짝 없이 온몸을 얽매어 나를 붙잡아둔 것 같다. 몸은 얼고 숨은 가빠지고 온몸이 깨질 것 같은 두려움에 휩싸인다. 뚜껑 덮인 상자에 갇힌 것 같다. 틈이 없어 보이는 이 어둠을 톡톡 깨고 탕탕 부숴 마침내 틈이 보이기 시작할 때까지, 나는 어둠 속을 들여다본다. 틈을 눈으로 확인하기 위해. 세포 하나하나가 부드러워지고 숨이 편안해지도록 나를 다독이는 말을 주문처럼 외면서.

문득 다른 어둠을 떠올릴 때도 있다. 잠자리에 누워 어둠의 이야기들을 생각하는 밤. 앞뒤와 위아래 모두 열려 있는 『오틸라와 해골』존 클라센, 서남희 옮김, 시공주니어 2023 같은 이야기를. 캄캄한 어둠 속에서 오틸라는 얼굴을 드러내기 시작한다.

온밤 내내 어두운 숲을 달려 도망치는 소녀가 있다. 소녀의 이름은 오틸라. 나무군락을 지나 언덕을 넘고 눈밭을 구르면서도 오틸라는 멈추지 않는다. 마침내 숲을 벗어난 오틸라 앞에 커다란 집 한채가 나타난다. 이 집의 주인은 몸통이 없는 해골. 오틸라가 몸을 숨길 수 있도록 해골은 집 안으로 오틸라를 안내한다. 해골의 집은 온기가 사라진 지 오래다. 거동이 불편한 해골을 품에 안고 오틸라는 집 안 곳곳을 함께 누빈다. 불이 꺼진 지 오래된 벽난로. 해골의 옛 초상화. 시원하고 달콤한 배가 익어가고 낙과하는 정원. 가면의 방. 끝없는 구멍이 뚫려 있는 지하 감옥. 멀리까지 내다볼 수 있는 높은 탑. 오틸라는 해골을 대신해 난로에 불을 지피고 차를 끓이고 가면을 쓰고 해골과 춤을 추며 밤을 보낸다.

해골은 매일 밤 자신을 쫓아오는 몸통 뼈다귀에게 시달리고 있다. 오늘 밤에도 몸통 뼈다귀가 자신을 해치러 올 것을 준비하고 있다. 오틸라와 해골이 잠든 깊은 밤, 해골의 말대로 몸통 뼈다귀가 나타났다. 오틸라는 해골을 안고 몸통 뼈다귀를 피해 탑으로 도망친다. 끝내 오틸라는 탑까지 쫓아온 몸통 뼈다귀를 탑 아래로 밀어 떨어뜨린다. 조각난 몸통 뼈다귀. 오틸라는 해골을 안아 다시 침대에 눕히고 홀로 문밖을 나선다.

오틸라는 조각난 몸통 뼈다귀를 하나하나 줍기 시작한다. 빠짐없이 주운 뼈를 완전히 부수고, 불을 지펴 차 한

잔을 끓여 마신다. 뼛조각을 잉걸 속에 던져 넣는다. 재가 된 뼛가루는 지하 감옥의 끝없는 구멍 속으로 던져버린다. 날이 밝고, 간밤 몸통 뼈다귀 때문에 놀랐을 오틸라를 걱정하는 해골에게 오틸라는 빙긋 웃으며 말한다. '이젠 다 끝이 났다'고. 둘은 산책을 나선다. 오틸라와 해골이 걸어가며 눈밭에 만든 흔적을 보여주며 이야기는 끝이 난다.

처음 이 이야기를 읽었을 때 어쩐지 나를 닮은 것 같은 오틸라에게 마음이 갔다. 붙잡히지 않기 위해 숨 가쁘게 달리는 모습이 꼭 나를 보는 것 같았다. 뼈다귀를 물리치고 뼈를 하나하나 줍는 장면에서는 많이 놀랐다. 완전히 버리기 위해 다시 찾는 일. 나와 오틸라는 닮아 보였지만 그런 점이 달랐다. 나는 아무래도 버리는 쪽은 아니었으니까. 주워 모은 뼛조각을 부수고 재로 만든 뒤에도 구멍에 버리지 않고 상자 한구석에 넣어두는 사람이랄까.

그렇다, 상자. 오틸라에게 구멍이 있다면 나에게는 상자가 있다. 오래전부터 모아온 편지들, 상장과 학업통지서, 처음 찍은 스티커 사진과 증명사진같이 간직하고 싶거나 버릴 수 없는 것들을 모아놓은 상자. 나는 가끔 상자를 힘껏 당겨 안으며 뚜껑을 연다. 바닷소리를 듣기 위해서다.

상자 안에는 작은 약병 하나가 들어 있다. 아버지의 빈 약병. 졸피뎀이 들어 있던 하얗고 불투명한 플라스틱 약병이다. 약병에선 어쩐지 바닷소리가 들리는 것 같다. 해변에서 주운 작은 조개껍데기들을 약병에 넣어뒀기 때문이다. 불투명한 약병 속에 담긴 패각들이 플라스틱과 부딪쳐 날카롭고 다채로운 소리를 낸다. 약병의 뚜껑을 열면 디오라마처럼, 미니어처처럼 아주 작은 바다가 살아 넘실거릴 것도 같다. 상자를 여닫을 때마다 바닷소리가 울리다 일순 잠잠해지는 것 같은 기분이 든다. 그럴 때 상자는 장난감 오르골 같다.

내가 아니면 열릴 일이 없는 상자. 내가 아니면 찾는 사람이 없는 약병. 내가 아니면 움직이지 않는 바다. 나 혼자 상상하고 만들어내는 바닷소리. 나의 작은 바다. 나는 그게 좋아 상자를 열고 닫는다.

여태 왜 이 약병을 버리지 않았는지, 왜 약병 안에 조개껍데기를 모아 넣었는지 뚜렷하게 설명하기는 어렵다. 아버지의 잠, 잠의 이빨들, 아버지의 죽음이 떠오르는 졸피

댐을 그대로 두기 어려웠던 것 같다. 더 부드럽게 만들 무언가가 필요했던 것 같다. 오고 가는 파도처럼. 왔다면 또 가도록. 갔다면 또 오도록. 내게는 무언가를 부드럽게 만들 것이 필요했다. 뚜껑 덮인 바다는 틈이 없어 완전하고 고요하다.

　　어떤 기억은 몽땅 부수고 갈아 영영 돌아올 수 없는 곳으로 버려져야 했는데 구멍을 찾지 못하기도 했다.

　　……고아원에 보내.

　　왜 어른들 얘기를 듣고 앉아 있어?

　　……

　　똥침똥침. ……엉덩이에 쑤욱. 흐흐흐 깔깔깔 깔깔깔

　　아유, 우리 아들 왜 이럴까아. 다 장난인 거 알지?

　　……너 옷이 그거밖에 없니?

　　……

　　엄마도 없는 게.

　　완전히 버리기 위해 다시 찾은 말들. 여기에 구멍을

뻥 뚫어놓는다. 더러운 손이 스스로 자빠져 떨어지는 구멍이다. 더러운 손은 깨부수고 태워 영영 버려져야 한다. 나는 구멍 앞에서 과거의 나와 지금의 나 사이의 틈을 가만, 바라본다.

나는 변했다.

내 마음은 달라졌다.

어린 나는 지금의 내가 아니다.

지금의 나는 어린 내가 될 수 없다. 우리는 서로 달라졌다. 틈이 생겨버렸다. 구멍이 생겼고 어둠이 오갔고 바다가 출렁이고 그 위로 파도가 오고 또 갔다. 엉뚱한 구멍을 파기도 했고 어둠을, 바다를 손에 쥐려고 힘껏 애쓰기도 했다. 나는 그렇게 지금의 내가 됐다.

온갖 어둠과 검은 개와 졸피뎀과 시와 바다가 뒤섞인 여기가 나의 삶이다. 파도처럼 온갖 것이 오고 또 가는 곳이 나의 삶이다. 나는 이런 삶을 사랑해버린다.

그래서 오틸라의 이야기는 처음과 다르게 읽힌다. 어둠으로부터 도망친 소녀의 탈출기가 아니라 자신을 기다리는 해골에게로 힘껏 달려간 용감한 소녀의 이야기로. 어쩌면 오틸라와 해골, 이 둘은 과거의 나와 미래의 나, 현재의 나와 상상 속의 나와 같이 한 사람의 내면으로 바라볼 수도 있겠지만. 이건 또 어떨까. 용기를 잃지 않고 서로가 힘을 모은다면 커다란 두려움 앞에서도 우리는 서로를 구할 수 있을 거라고. 무엇보다 나는 이 용기를 자기 자신을 향한 사랑이라고 기록해두고 싶다. 스스로를 사랑했기에 둘은 어둠 속에서도 춤을 출 수 있었고, 친절과 배려를 잃지 않을 수 있었으니까.

　이 사랑 때문에 구멍 속에 빨려 들어가야 하는 기억들은 더이상 힘이 없다. 지금 와 생각해보니 내가 다르게 읽고 다시 찾은 이야기는 오래전부터 꼭 나를 기다려온 것 같다. 내 안에는 여전히 나를 기다리는 이야기들이 있다. 나를 기다리는 이야기. 기다리고 있다고 생각하면 어쩐지 더 부지런히 달려가고 싶은 마음이 인다. 상자에 갇힌 먹먹한 말들은 내게 속삭일 것이다. 계속하라고. 내가 계속하기를 기다렸다고. 음악 같은 바람이 불어온다.

그러고도 혹여 네게 힘이 남아 있다면

할머니가 돌아가시고 서울에 작은 집을 구했다. 병상에 있던 할머니와 함께하느라 멈췄던 학업을 다시 이어가기 위해서였다. 하숙집과 기숙사를 전전하며 이미 독립한 것과 다름없었지만 내 이름으로 계약한 나만의 공간이 생겼다는 건 특별한 일이었다. 작은 반지하 월세방이었다 해도 내 것을 가지게 된 건 처음이었으니까. 그 집에서 유난히 비가 많이 내린 여름을 보냈다.

나무 창틀이 둘러진 얇은 창문에 쉼 없이 빗소리가 들이치는 밤이었다. 집 안에서도 비를 맞고 있는 것처럼 종일 빗소리가 계속되었다. 새벽 내 뒤척이다 요의를 느껴 침대 밖으로 두 발을 내려놓았을 때

'이게 뭐지?'

물컹거리고 차가운 무언가가 느껴졌다. 발을 디딜 때
마다 바닥이 출렁거렸다. 불을 켜기 위해 몇발자국을 더
옮겼을 때는 꼭 물 위를 걷는 것 같았다. 나무 무늬 비닐장
판 아래로 빗물이 차오르고 있었다. '이게 뭐지?' 얼결에 발
을 굴렀다. 나의 무게에 눌린 빗물이 터져 솟구칠 것 같았
다. 날이 밝도록 이러지도 저러지도 못하면서 물이 차오르
는 방에 앉아 나의 바닥을 생각했다. 이 바닥이 내 것이라
면 이제 가벼워지고 싶다고 생각했다. 나의 무게를 잊을 만
큼 사라지고 지워져 이제 그만 다 가벼워지면 좋겠다고 생
각했다.

날이 밝자 집주인 내외는 집을 공사하는 동안 주인집
의 다락을 내어주겠다고 했다. 나는 젖어버린 책들을 걸레
로 닦아내며 다락이 있어 다행이라고 생각했다. 책은 마를
수록 굽어졌다. 닦아내고 한장 한장 말려도 봤지만 물에 젖
은 책을 되살릴 수는 없었다.

옷가지와 생필품을 챙겨 다락으로 올라갔다. 추석 연
휴가 시작될 무렵이었다. 집주인의 가족들이 오가는 명절

내내 나는 해가 뜨면 다락에서 내려와 거리를 쏘다녔다. 문을 연 도서관을 찾고 공원을 걷고 동네 골목길을 일부러 헤매며 시간을 보냈다. 주인집 식구들이 저녁을 먹고 뒷정리를 끝낼 때쯤 돌아와 다시 다락에 올라갔다. 어느 아침, 다락에서 내려오는데 주인 내외와 며느리의 대화가 들렸다.

—학생인데, 책이 다 망가져서 어떡해요? 책값이라도 물어줘야 하는 거 아니에요, 어머님?

—아이 뭘. 그냥 가만히 있어.

—그래도 대학교 책은 비쌀 텐데요.

—아이, 조용. 다 들린다.

나는 잠시 돌아앉았다. 내가 무엇을 요구해야 하고 무엇을 살펴야 하는지 알 수 없었다. 슬퍼할 기운도 무언가를 생각할 여력도 없었다. 방이 물에 잠긴 그날 밤 나는 모든 것을 빼앗긴 것 같았다. 인기척을 내고 마저 아래로 내려갔다. 나는 다시 거리로 나왔다.

그때 나는 외로웠던 것 같다. 길거리를 거닐 때에도 바닥이 출렁이며 멀미가 나는 것 같았다. 혼자라는 감각이었다. 어쩜 이렇게도 혼자여야 하는 걸까. 혼자에 대해 생각했다. 해가 지고 다시 다락을 향하면서 나는 내가 혼자라는 걸 잊지 않기로 했다. 잊을 수 없는 것이 아니라 잊고 싶지 않았다. 잊으면 안 되는 것이었다. 혼자임을 기억하는 것이 나의 무게를 잃지 않는 유일한 방법 같았다.

가까운 사람 때문에 괴로워질 때도 혼자라는 감각을 떠올리면 이내 마음이 가라앉았다. 내가 어찌할 수 없는 다른 사람의 마음도 더는 건드리고 싶지 않았다. 혼자의 영역에는 그 누구도 들어설 수 없다고 생각했다. 내가 혼자 올라간 그 다락에 그 누구도 올라서지도, 손을 내밀지도 않았던 것처럼. 다만 혼자라는 감각을 느낄 때마다 혼자 있을 누군가가 떠오르는 것도 어쩔 수 없는 일이었다. 너 혼자만이 혼자는 아니라고, 여기 내가 있다고 조용히 손을 흔들고 싶은 마음이 있었다. 혼자 옆에 혼자로, 각자의 무게를 잃지 않으면서 여기 이 세계에 있다는 것이 나에게는 중요했다.

연휴가 끝나고 공사를 마친 방에 다시 입주했다. 새 벽지, 새 장판. 빗물이 지나간 자리는 새것들로 덮였다. 낡은 유리창은 그대로였다.

—여학생이라서 꽃무늬로 도배를 했어. 어떻게, 마음

에 들지?

　—네, 예뻐요. 고맙습니다.

　희미한 노란 꽃이 수놓인 새 벽지를 손끝으로 만져봤다. 아무것도 없는 하얀 벽지를 가지고 싶다고 생각하면서. 어서 주인 내외를 보내고 혼자 밥을 먹고 싶었다. 며칠 뒤 소식을 들은 친구 소연이 집에 찾아왔다. 도시락 가방에 명절에 만든 색색의 전을 품고서였다.

　—언니 먹으라고 좀 챙겨왔어. 집에서 만들어놨다가 얼려둔 거야.

　소연과 함께 다시 거리로 나가 커피를 마셨다. 며칠을 쏘다니던 거리도 한결 다르게 느껴졌다. 마주 앉아 언제나처럼 해사하게 재미난 이야기를 들려주는 소연을 보며 갖가지 전을 담고 그걸 품에 들고 온 소연의 마음을 생각했다. 혼자인 나를 생각하는 소연의 마음을 그후로도 두고두고 생각했다.

　혼자라는 감각이 깊어지면서 어쩐지 나는 마음을 드러내는 것에 더 용기가 났다. 내 무게를 잃고 싶지 않았던 만큼 다른 사람의 무게를 지켜주고 싶은 용기였다. 가진 것이 없으면 없는 대로 할 수 있는 것을 했다. 돈을 보탤 수는 없어도 아동센터에서 일을 하거나 사교육을 받기 어려운 학생들과 함께 공부를 하고 사회적 기업의 프로젝트를 도우며 할 수 있는 것들을 했다. 5천원이든 5만원이든 돈을 보내고 싶은 곳이 보이면 보냈다. 그건 선물 같은 것이었다. 선물을 받을 사람을 생각하는 순간부터 주는 사람은 즐거워진다. 나보다 어려운 사람을 돕는다는 생각은 하고 싶지 않았다. 불우한 이웃이라는 말에 담긴 서글프고 어두운 표정도 싫었다. 도움을 받기 위해서는 너의 괴로움을 더 드러내라고 말하는 시선도 불편했다. 나는 내가 원하는 방식으로 선물을 주고 싶었다. 배고픈 아이의 얼굴을 떠올리기보다 어느 저녁상 앞에서 특별한 추억을 만드는 아이를 상상했다. 가난과 기후위기, 조혼의 상황에 처한 먼 나라의 여자아이들이 학교 가는 길을 그려보았다. 입양처를 기다리는 강아지의 따뜻한 잠을 떠올리는 것도 좋았다. 선물이 선물일 수 있도록, 타자의 슬픔보다 기쁨을 상상하는 것이 내가 아는 존중과 배려였다.

그런 나에게 어느 날 목돈이 생겼다. 신인시인상 상금

500만원. 응모를 하기 위해 원고를 품고 우체국을 향하면서도 막연히 생각했던 것 같다. 만약 내가 상금을 받게 되면 이 돈만큼은 나보다 급한 사람에게 쓰이면 좋겠다고. 세금을 조금 더 보태 주민센터에 500만원을 건넸다. 상담을 통해 관할 지역의 조손가정에게 조금씩 돈을 나눠 보낼 수 있었다. 나는 복지과 직원이 건네준 박카스 한병을 다 마시고 건물을 나왔다. 그때 겨울바람이 잠깐 다르게 느껴졌던 것 같다. 바닥이 달라졌다는 감각은 없었다. 바닥을 떠올리지도 못했던 것 같다. 내가 딛고 있는 바닥과는 상관없이 다만 공기가 산뜻했다.

첫 시집의 인세를 받았을 때는 지역 구청에 돈을 보냈다. 지정 기탁 상담을 통해 결식아동과 청소년의 식사 지원에 손을 보탰다. 시집 한권을 팔면 내게 주어지는 인세는 약 900원. 여러 독자가 보태어준 900원에 세금을 보태어 180만원을 모았다. 900원의 무게가 결코 가볍지 않았다.

상금도 첫 인세도 내게는 소비의 가치를 느낄 수 있는 돈이 아니었다. 시를 써서 받은 돈이 내 것 같지 않았고, 시를 쓰게 된 삶을 원망하고 미워했던 것도 부정할 수는 없다. 나의 시와 아버지의 죽음 사이의 틈을 좁힐 수 없었으니까. 당장 내가 쓸 수 없다면 급하게 필요한 사람과 나누어 쓰는 것이 좋을 것 같았다. 실은 다 나중에야 생각해본 이유들이고 그냥 그렇게 하고 싶었다. 선물을 주고 싶었던 마음의 명확한 이유를 여전히 나는 모른다.

선물을 전할 때, 그의 슬픔과 고통을 함부로 예단하고 싶지 않다. 되갚아야 하는 의무를 안겨주고 싶지도 않다. 선물을 받은 그가 그것으로 무언가를 해내고 이뤄내고 또 다른 의미를 찾아내기를 원하지도 않는다. 그저 뜻밖의 선물처럼 여기면 좋겠다. 길을 걷다 우연히 옷깃 속으로 떨어지는 조그만 낙엽 같은 기쁨 정도면 좋겠다. 가끔은 특별한 까닭 없이 그런 선물을 받고 사랑을 받은 기억이, 두고두고 용기가 되고 힘이 되기 때문이다. 사소한 기쁨의 기억으로 살아가는 것이 내가 체득한 삶의 방식이다.

바닥을 잃었던 여름밤과 다락, 정처 없이 쏘다녔던 거리를 잊고 싶지 않다. 그런 나날 속에서도 나를 위해 음식을 해 오고, 안부를 묻는 사람과 몸을 숨길 수 있는 다락이 있었다는 것이 내 삶에 주어진 알 수 없는 호혜였다.

혼자라는 사실을 잊지 않으려 노력하면서도 개를 쓰다듬는 기쁨을, 나를 낳은 것도 아니면서 나에게 헌신하는 배우자를 생각하면 아무래도 나는 혼자이고 싶지 않은 것 같다. 나는 혼자가 두렵다. 언젠가는 곁에서 무언가를 하나씩 잃게 될 거라는 사실을 떠올리는 것만으로도 두렵다.

너무 많은 비를 어떻게 막을 수 있을까. 같이 맞을 수도 없고 같이 피할 수도 없는 비를 어떻게 기다려야 할까. 모르지만, 여전히 아무것도 모르지만 나는 내가 할 수 있는 것을 해야 할 것이다. 내가 할 수 있는 일. 내가 아끼는 시 한 구절을 옮겨 적는다. 오래 품고 있던 시가 나보다 더 많은 말을 하고 더 멀리 나아갈 것 같다. 시를 쓰는 삶에 대한 원망과 미움은 오간 데 없이. 이상하고 아름다운 호혜다.

한밤중에 거세게 떨리는 그림자. 너는 그 위에 네 어리석은 슬픔을 하나씩 하나씩 쌓아 올려라. 불타는 머리와 늙고 쇠약한 손발을 쌓아라. 그리고 네 고통과 슬픔을 가만히 안아라. 네가 가진 전부인 고통과 비애를. 카툴루스여, 네 무릎을 안아라.

그러고도 혹여 네게 힘이 남아 있다면 가만히 눈을 감고 빗속에서 너를 위해 기도하는 사람이 있음을 믿어라. 그 목소리에 귀를 기울여라.

—니시 가즈토모 「겨울」 부분, 『우리 등 뒤의 천사』,
한성례 옮김, 도서출판 황금알 2015, 47~48면.

세계를 구하고 마음을 지키는 이야기

책상에 앉아 이런저런 것을 하고 있을 때면 개가 걸어 온다. 집 안 어디선가 쉬고 있다 나타나 곁에 앉는, 나의 검 은 개 그리고 흰 개. 나는 개의 기척을 느끼지만 하던 일을 계속하느라 개를 기다리게 하고. 개는 나의 눈맞춤을 기다 리고, 대답을 기다리고, 간식을 기다린다. 더는 참을 수 없 을 때, 무릎 위로 앞발이 올라온다. 멍!

　—나는 개야.

　—(바라봄)

　—나는 개야.

　—(바라봄)

　—나는, 개야!

　—……

　　마주 보는 개와 나. 개의 눈동자 속에 내가 보인다. 개의 눈은 말한다. 온갖 것을, 말한다. 단숨에 들을 수 있지만 한번에 옮겨 적을 수 없는 온갖 것을. '나는 개야'라고밖엔 기록해둘 수 없는 것을 말한다. 마침내 내가 몸을 일으키면 개는 앞장서 부엌으로 향하고 냉장고 앞에 앉는다. 나는 냉장고에서 미리 잘라둔 사과를 꺼내 개와 나누어 먹는다. 사과 씹는 소리가 조용한 집 안을 메운다. 다 먹고 나면 미련 없이 찹·찹·찹. 발소리를 내며 갈 길을 가는 나의 개. 나의 개야, 하고 돌려 세우고 싶은 발소리. 나는 다시 책상에 앉는다. 나의 개야, 하고 시작하는 글을 써야지.

　　세계를 구하는 이야기를 쓰기로 마음먹었다. 등장인물은 나와 나의 개. 내 이름은 '세계', 개의 이름은 '마음'이다. 세계를 구하고 마음을 지키는 이야기. 나의 이야기 속 세계와 마음은 9년 전 서로를 처음 만난 나와 나의 개를 닮았다.

*

아버지가 돌아가시고 몇달 뒤, 퇴사를 결심했다. 근태
는 엉망이 되어갔고, 공황장애 증세도 더 심해져만 갔다.
나는 일상을 지키지 못하는 나에게 자주 실망했다. 차분하
고 조용하게 상실을 마주하고 싶었다. 유난스럽지 않은 애
도, 더 숨죽이는 나이기를 바랐다. 그때의 나는 그랬다. 조
용한 애도, 나도 모르게 품고 있던 이상과 허상에 나를 맞
추려 애를 썼다. 퇴사의 뜻을 비쳤을 때 회사에서는 2개월
무급휴가를 권했다. 동료들의 배려 덕분이었다. 그렇게 잠
시 모든 것을 멈춰 세우고, 휴가에 들어갔다.

한낮의 집은 적막했다. 잘 먹지 못했고 쉽게 잠들지
못했다. 가족들은 '밥은 먹었니? 잠은 좀 잤고?' 같은 안부
대신 인터넷에서 사랑받는 강아지 영상을 보내주곤 했다.
그걸 보고 있으면 다른 생각이 들지 않았다. 검고 맑은 눈,
촉촉한 코, 힘껏 내달리다가도 돌연 넘어지고 커다랗게 배
를 부풀리며 잠을 자는 강아지의 몸. 보고 있으면 나른해지
고 호흡이 부드러워지는 것 같았다. 그즈음 남편이 강아지

입양을 알아보았고 지금의 검은 개와 흰 개를 만났다.

이전에도 나에게는 많은 개가 있었다. 개와의 이별은 늘 나빴다. 잠시 마당에 있던 개를 누군가 납치해 가거나, 급작스럽게 죽거나, 남의 집에 보내지거나. 개를 책임질 수 없는 환경에서 개와 함께 자라며 어린 나는 일찍이 죄책감을 떠안곤 했다. 개를 떠나보낼 때마다 어린 나는 혼자 다짐하고 또 약속해야만 했다.

'다음 개에게는 조금만 더, 잘해줄게.'

매번 이해할 수 없는 이유로 개를 잃은 어린이. 숨기고 싶고, 잊고 싶었던 또 하나의 어린 내 모습이다.

내가 열일곱이었을 때, 어느 날 아버지는 버려진 어미 개와 그 새끼를 품에 안고 들어왔다. 아버지는 약하고 여린 것을 보면 쉽게 지나치지 못하는 사람. 그런 이유로 개를 먼저 안아들고 끝까지 책임지지 못해 괴로워하고 아파하는 사람이었다. 그때에도 우리 집은 개를 키울 수 있는 형편이 못 됐다. 나는 주말에도 학교에 가야 했고, 할머니는 아팠고, 아버지는 집을 비우는 날이 잦았다. 무엇보다 더는 개를 잃고 싶지 않았다. 개와 눈 맞추기 전으로, 개를 안기

전으로 다 되돌리고 싶었다. 하지만 알고 있었다. 잔뜩 겁을 먹고 아버지 품에 안긴 작고 물컹한 두마리의 개를 본 순간, 어떻게든 우리가 같이 살게 될 것이라는 걸. 알기 때문에 괴로워하며 두렵게 개를 받아 안았다. 며칠 뒤 어미 개는 새끼를 두고 집을 나갔다. 나는 버려진 새끼를 지킬 방법을 찾아야 했다.

　　—너를 무어라 부르면 좋을까.

　　먼저 이름이 필요했다. 뽀삐, 통키, 엔비, 어스…… 지난 개들의 이름을 되뇌어보았다. 이전과는 조금 다른 이름을 지어주고 싶었다. 다른 운명을 가지기를 바라는 마음으로

　　—까메오? 그래, 까메오. 어때? 이제 너는 까메오야. 우리 집의 까메오 cameo 야.

　　검은 털빛에 번뜩 떠오른 이름이었다. 보통 사랑을 많이 받는 유명한 배우에게 붙여지는 이름. 하지만 까메오는 극에 아주 잠깐 출연했다 사라진다는 사실을 떠올리지는 못했다.

　　속수무책으로 개를 잃었던 어린 날과 다르게 열일곱의 나는 까메오에게 '조금 더' 친절할 수 있었다. 개의 기분

을 살피고, 눈을 맞추고, 몸을 씻기고, 먹을 것에도 신경을 썼다. 물을 덥혀 까메오를 씻기고, 젖은 까메오를 내 허벅 다리 위에 눕혀 꼼꼼히 털을 말려주었다. 까메오의 기분을 살피고 노래를 불러주었다. 자주 「내 마음의 강물」을 흥얼 거렸던 기억이 난다. 까메오는 나를 노래 부르게 했다. 자 꾸만 노래를 불러주고 싶었다.

그렇게 나에게는 까메오가 있었다. 그러나 까메오는 내게 왔던 그날처럼 갑자기 다른 집에 보내졌다. 나는 여전 히 노래 부를 수 있었고, 나의 노래도 그대로였지만 내 노 래를 듣고 있던 까메오는 사라졌다. 그런 까메오의 얼굴이 지금은 기억나지 않는다. 털빛, 숨소리, 뽀얗고 보드라운 배의 살갗…… 까메오의 따뜻한 체온은 여전히 생생하지만 이상하게도 까메오의 얼굴이 기억나지 않는다.

얼굴이 떠오르지 않는 까메오를 생각하는 밤이면 잠 이 오지 않는다. 조급하고 불안해진다. 언젠가 검은 개, 흰 개의 얼굴도 기억나지 않을까봐 마음이 급해진다. 집 안 어 딘가 곤히 잠들어 있을 검은 개와 흰 개의 얼굴을 한번 더 확인하고 싶어져 가슴이 답답해진다. 그럴 때 가끔 거짓말처럼, 내 뒤척임을 느낀 흰 개가 걸어온다. 어둠 속에서 가벼운 발소리를 내며 걸어와 품속을 파고든다. 흰 개가 나에게 온몸을 맡길 때 나는 안도한다. 개를 잃어본 적 있는 나라서, 다행이라고. 상실을 알고 죽음을 아는 나라서. 무엇이든 잃을 수 있다는 걸 아는 나라서. 지금을 더 사랑하고, 순간을 간직할 수 있는 나라서 다행이라고.

흰 개*를 안는 기쁨은 그동안 잃어버린 개를 내려놓는 무거움과 함께 온다. 내가 잃어버린 개는 나에게 세상에서 가장 무거운 개다. 나는 grief 슬픔 의 어원이 '무거움'에 있다는 것을 몸으로 배웠다.** 개를 잃을 때마다 나를 짓누르던 무거움을 기억한다. 그러나 지금 나의 품에는 흰 개가 있고. 품 안에 또다른 심장이 박동하는 기쁨, 엇갈리는 숨

---

* 우리 집 검은 개는 사람의 손을 무서워한다. 나는 검은 개를 먼저 만지지 않고 내 손길을 허락할 때까지 기다린다. 요즘엔 제법 먼저 다가와 몸을 부비기도 하지만 개가 만져달라고 신호를 보내기 전까지는 손을 대지 않는다. 가끔 나는 검은 개의 죽음을 떠올리다 검은 개를 안은 나를, 그 무게를 상상하기도 한다. 슬픔 속에서 끌어안을 나의 개의 무게를. 그날이 온통 비통으로 가득하지는 않았으면 좋겠다. 미안하다는 말보다 사랑한다고 한번 더 말해줄 수 있다면 좋겠다고 생각하면서.

** 론 마라스코·브라이언 셔프의 『슬픔의 위안』(김설인 옮김, 현암사 2012)에 따르면 "슬픔(grief)이란 말의 어원은 무겁다는 뜻의 중세 영어 gref"에서 기원한다.

소리를 듣는 기쁨, 털 많은 작은 친구가 내게 몸을 맡긴 기쁨이 있다. 나는 흰 개를 안고 까메오에게 말한다.

　—이 개에게 조금만 더, 잘해줄게.

　내 마음속에서 까메오는 질투하지 않는다. 까메오는 기뻐한다. 나는 한번 더 흰 개를 쓰다듬는다.

*

　어느 봄밤의 낭독회에서 한 독자가 물었다. 삶이 지치고 힘들 때 나를 견딜 수 있게 하는 힘은 무엇이냐고. 질문을 듣는 순간 나는 단 하나의 답을 떠올렸다.

　—저에게는…… 개가 있어요.

　개는 나에게 보여준다고 말했다. '이렇게 먹어봐. 이렇게 잠들어봐. 이렇게 기뻐해. 이렇게 기다려봐. 이렇게 사랑을 해봐.' 보여주면서 나 자신을 돌보는 방법을 가르쳐준다고 말했다. 아무도 알려준 적 없는 기뻐하는 마음도 아낌없이 가르쳐준다고 말했다. 그러니 때때로 개가 나를 바라볼 때, 그러니까 '나는 개야'라고 말하는 그 눈빛에서 나는 스스로를 사랑하라는 명령의 목소리를 듣는다. '인간, 여기 내가 있어'라고 말하는 눈동자에 비친 '여기의 나'를 보면서. 개의 눈동자가 '지금, 여기 있음'을 보여줄 때 개는 삶을 견딜 수 있게 하고, 삶을 사랑하게 만든다. 삶이 얼마나 나를 사랑하는지, 얼마나 내게 친절한지 이야기한다.

내가 아이였을 때 나의 세계였던 어른들을 관찰하고 따라 했듯이 개는 내가 말하고 먹고 웃는 입을 바라본다. 내가 걷고 움직이고 입는 것을 관찰한다. 내가 아무 생각 없이 창밖을 바라볼 때에도 면밀히 나를 살핀다. 오랜 관찰을 통해 내가 가벼운 산책을 떠나는지, 오래 집을 비우는지, 사과를 먹을 것인지, 밥을 안칠 것인지 나의 다음 행보를 안다. 그래서일까. 내가 위험에 처할 때 나를 보호한다. 슬플 때 곁을 지키고 얌전히 나를 기다린다. 어린 내가 어른들을 바라보았듯이 나를 바라본다. 아무것도 말해주지 않아도, 숨기려 해도, 오랫동안 샅샅이 관찰하는 눈은 다알고 있다. 그 눈빛이 사랑이라는 것을 안다. 나의 눈동자에 비쳤던 온갖 사랑을 나는 개의 눈동자에서 다시 본다.

*

나의 영원한 어린이들, 검은 개 그리고 흰 개의 이름을 여기 적어두고 싶다. '탄이', 그리고 '설이'. 이 이름은 나에게 주문과 같다. 나에게 소중한 이 주문을 많은 사람들에게도 들려주고 싶다. 탄이, 설이라는 소란스러운 주문을.

탄이는 검은 털에 황갈색 tan 털이 군데군데 섞여 있어 탄이라고 부르기 시작했다가 어감이 좋아 그대로 이름 붙였다. 한자 탄坦에는 '평탄하고 너그럽다'는 뜻이 있다. '마음의 평정을 얻다, 자질구레한 데에서 벗어나다, 꾸밈이 없다'와 같은 뜻도 있다. 또 '크다, 큼직하다'라는 의미도 있는데 이름의 힘이었을까, 탄이는 예상보다 몸집이 크고 아주 탄탄하게 자랐다.

한자어 설雪은 '눈, 흰색'과 같은 뜻도 있지만 '고결하다, 의사나 태도를 분명하게 드러내다'와 같은 뜻도 가지고 있다. 역시 이름 때문일까. 설이는 싫고 불편한 것을 잘 참지 않는다. 아주 분명하게 드러낸다. 설이는 어려서 몸이 약하고 자주 아팠다. 잘못될 뻔한 고비를 여러차례 넘기기도 했지만, 매번 다시 깨어나는 놀라운 힘을 보여주기도 했다. 또 하나의 생명을 잃을까봐 불안한 마음으로 설이를 간호하는 동안 새롭게 발견한 것이 있다. 나는 설이가 오로지 혼자의 힘으로 아픔을 이겨내는 생명력을 보았다. 설이는 늘 나의 걱정보다 강했다. 설이에게는 고독 속에서 홀로 자기 아픔을 이겨낼 힘이 있었다. 설이만이 가지고 있는 힘은 나에게 알 수 없는 용기를 주었다. 홀로의 힘을 믿게 하는 동시에 내가 홀로 해야 할 일을 다시 살피게 했으니까.

내 영혼이 가장 약했을 때 탄이 설이를 데려온 선택이 때때로 부끄러웠다. 그렇지만 또다른 생명을 돌보는 일은 약한 내가 또다른 약한 것을 돌볼 수 있도록 나를 일으키는 동력이 되었다. 내 뜻대로 통제할 수 없이 탄이 설이에게 일어나는 사고와 문제 들을 바라보면서, 하나의 생명을 온전한 하나의 개체로 바라보고 홀로의 힘을 믿을 수 있게 되었다. 그러니까 내 영혼이 가장 상했을 때, 또다른 영혼이 스스로 아픔을 이겨내는 것을 지켜보며 나는 나에 대한 믿음을 품어보기도 했다. '어쩌면 나도 설이처럼 이겨낼 수 있을지 몰라. 고된 수술을 마치고 두 눈을 번쩍 뜨는 힘, 겁이 나도 물러서지 않고 힘차게 짖는 용기가 나에게도 있을지 몰라.' 탄이 설이가 아플 때마다 나는 생명이 가진 신비를 발견했다. 이걸 다 지켜본 나는 이제 나의 신비를 믿어보기로 한다.

*

인간과 함께 살기에 인간의 언어를 배우고, 인간을 인내하는 탄이 설이는 눈치가 빠르다. 눈치가 빠르다는 건 배려할 줄 아는 마음과 관찰력이 있다는 말이기도 하다. 자주 서툴고 어리숙한 나를 매번 참고 용서하는 개의 눈동자에 나의 어린이가 나를 바라보는 장면이 포개질 때가 있다. 스스로를 함부로 대했던, 미워하고 구박하고 부끄러워했던 나와 나의 어린이. 개의 검은 눈동자는 둘 사이 화해의 매개가 된다. 나는 어둠을 다시 배운다. 아주 검고 맑은 어둠만이 선명하고 투명하게 사랑을 반사한다는 것을 배운다.

나의 세계를 다시 바라보고 내 마음을 지키며, 나는 오늘도 개와 함께 우당탕퉁탕 사랑을 배운다. 진실하고 애틋하며 뜨거운 마음은 때때로 요란하고 거칠고 소란할 수 있다는 것을 배운다. 그 하루하루가 모여 내가 어떻게 아파했고 어떻게 다시 사랑할 수 있는지를 되돌아보게 한다. 슬픔과 상실이 흐릿해졌다고는 결코 말할 수 없지만 또다른 사랑이, 홀로의 힘이, 나를 지켰다는 건 분명하다. 나의 회복은 여기에 있다고 믿는다. 아무 일도 아닌 것처럼 감쪽같이 되돌릴 순 없지만 그 과정에서 무언가를 새롭게 바라보고 찾아내던 노력들, 지독한 상처 옆에 덧대어 붙인 요란한 사랑에 나의 치유와 회복과 성장이 있다고 믿는다. 그러니까 회복이란 어수선하고 소란하며 유난스럽고 울퉁불퉁한 것이 맞다. 더 소란해져도 좋은 것이다.

*

탄이와 공놀이를 할 때 탄이는 오직 공에 집중한다. 내가 던진 공을 끝까지 찾아내 물고 와, 다시 내 발 앞에 사뿐히 내려놓는다. 계속하자고 놀자고 지치지 말고 더 기뻐하자고. 나는 이 작은 공에서 내가 던진 마음을 본다. 개는 내가 던진 마음을 그대로 물고 온다.

그러니, 세계를 구하고 마음을 지키는 이야기는 끝없이 계속될 것이다. 이 글을 읽어 내려가는 당신도 '조금만 더' 잘해주고 싶은 무언가를 '더' 사랑할 수 있도록, 나의 주문을 들어주면 좋겠다. 나의 주문이 홀로 굴러가는 공이 될 수 있다면 언젠가는 내게 다시 되돌아올 공을 지치지 않고 기다리고 싶다. 언젠가 우리가 '우리'여서 그것만큼은 참 다행이었다고 말하며 서로를 바라볼 수 있다면 좋겠다. 나의 애도는 이 소란에서부터 다시 시작해보려 한다.

계수나무 숲

아파트 외진 통로, 열댓그루 남짓 계수나무가 모여 있다. 나 혼자 '계수나무 숲'이라 부르는 곳. 열댓걸음 걸으면 끝나는 길이지만 끝까지 갔다 오고 또다시 갔다 오며 넓어지는 곳. 나의 계수나무 숲.

우리 할머니 이름에는 계수나무가 있다. 내가 한글을 배울 때 종종 할머니는 자신의 이름을 받아 적어보라며, '할머니는 계수나무 할 때 계자를 쓴다'고 일러주었다. 계수나무 계桂. 순할 순順. 그때 나는 계수나무를 몰랐지만 계수나무를 좋아했다. 그후로 십수년이 지나 수많은 나무 중에 계수나무를 알아보고 계수나무 향을 맡고 계수나무를 찾아다니는 사람이 되었다. 그후로 할머니 이름에서는 구운 설탕 냄새가 난다.

가을이 되어 계수나무 이파리가 노래지면 캐러멜 향기가 난다. 설탕을 녹여 달고나를 만들 때처럼 달곰한 향이다. 계수나무 숲을 걸으면 머리카락 사이사이로 달곰한 생각이 덮이고 누군가 좋은 생각을 엮어가며 엉킨 머리를 빗어주고 곱게 땋아주는 것 같다.

종종 뉴스를 보고 나면 마음이 복잡해진다. 무엇이 잘못되었고 무엇을 할 수 있고 무엇이 두려운 것인지 알 수 없게 엉킨 채로, 때때로 어떤 뉴스는 내 마음을 체하게 한다. 올가을에는 자꾸 한기를 느껴서 두꺼운 겨울옷을 앞당겨 꺼내 입기도 했다. 따뜻한 차에도 잠재우지 못하는 한기를 품고, 어쩔 수 없는 찬기를 내 마음에 두고 계수나무 숲을 걷는다. 달곰한 향기를 배경으로 나는 얼마나 오래 또 얼마나 멀리까지 걸어야 할까. 아직은 아무것도 말할 수 없는 마음.

내 안에 있는 한기를 달래기 위해서 내 안에 숨어 있는 온기를 찾아본다. 나를 압도하는 추위가 나의 전부가 아니라는 듯이 내 안에는 여전히 따뜻한 것이 숨 쉬고 있다.

계수나무 아래를 걸으면 느낄 수 있다. 할머니의 이름을 받아쓸 수 있게 되었을 때. 계수나무가 무엇인지도 모르고 계수나무를 사랑하게 되어버렸을 때. 몸 안으로 깊이 뿌리내린 따뜻한 것. 느낄 수 있다.

어린 내가 살던 집에는 흙이 있고, 토마토가 있고, 도라지꽃이 있고, 장미가 있고, 감나무, 대추나무, 목련나무가 있었다. 모두 한집에 살 때 이야기는 아니고 여러번 이사하며 잠깐씩 머무른 장소들이 하나의 커다란 집처럼 엉겨 붙어 내 기억 속에 산다. 허공에 떠 있는 성처럼. 내가 살았던 집과 방, 오르내리던 계단이 하나로 뒤엉켜 이상하고 아름답게 존재하고 있다.

그 이상하고 아름다운 성에서 만진 흙, 이파리, 거미줄, 물방울은 모두 나의 장난감이었다. 내 몸에 각인된 나만의 기쁨이 여전히 숨 쉬고 있다. 문만 열면 가득했던 나의 기쁨이 여전히 박동하고 있다. 깜박 잊어버릴 때도 있지만 계수나무 아래를 걸을 때면 느낄 수 있다. 나만 아는 나의 기쁨을.

종이접기, 노래 만들기, 인형 놀이, 끝말잇기, 빙고, 레

고만큼 내가 좋아한 놀이는 흙과 풀과 바람과 물방울을 관
찰하는 일이었다. 그때 수집한 기쁨은 여전히 내 안에 살아
외롭고 지칠 때마다 나를 달랜다. 어린 내가 모아놓은 기쁨
을 지금 나에게 빌려준다.

　　오늘도 계수나무 숲을 찾았다. 나의 속도를 찾고 나의
조도를 찾아 나의 두 눈으로 정확히 보기 위해. 필요하다
면 늘리거나 쪼개어 더 세밀하게 들여다보기 위함이다. 누
군가는 너무 바빠서 지나쳐야 하는 순간을, 꼭 해야 할 일
처럼 붙들고 앉아 오래 응시할 수 있다. 이리저리 돌려보고
굴려보고 만져보고 상상하고 꿈꾸고 그 안에서 숨 쉬듯이
살아내면서. 나는 이것이 시인의 일이라고 생각한다. 조금
덜 바쁜 두 눈으로 지금 바쁜 사람을 대신하기. 좀더 홀로
여기에 멈춰 있기. 멈춰서 느리게 숨을 쉬기. 아무것도 말
할 수 없는 마음 위에 돋아나는 싹을 기다리기. 씨앗의 진
동을 믿어보기. 나는 이것이 나의 일이라고 생각한다.

　　계수나무를 모르고 계수나무를 사랑해버렸듯이. 나는
미래를 모르지만 미래를 사랑할 수 있다. 내가 서 있는 계
수나무 아래에는 나만 아는 상실과 추위가 있고, 나는 모르

는 너의 상실, 너의 추위, 너의 어둠도 같이 흐르지만. 계수
나무 숲이 여기 있고, 계수나무가 나를 기다리고 있다는 사
실만으로도 나는 이 세계를 사랑할 수 있다.

　굳건하고 의연한 계수나무를 흉내 내면서. 사랑을 흉
내 내면서. 나는 지금 아픈 사람을 위해 내가 할 일을 생각
한다. 내가 아플 때, 누군가 나를 위해 해야 할 일을 해주었
듯이. 나의 어린이가 수집한 기쁨을 언제라도 내게 빌려주
듯이.

옛날 옛날에

일요일 아침. 잠에서 깼지만 바로 눈을 뜨지 않고 이불 속에 누워 곁에 앉아 있는 할머니를 느낀다. 두 발을 꼼지락거리며 할머니 종아리를 쓸어내리고. 또 한번 쓸어내리고. 잠결처럼 꿈처럼 느리게 발을 뻗어 할머니 발을 찾을 때, 할머니 발에 나의 발을 포갤 때, 할머니는 발가락에 힘을 주어 내 발을 꼬집는다. 깜짝 놀라 잠이 다 달아나고. 여전히 눈을 감고 있지만 보이는 얼굴. 할머니는 소리 없이 웃고 있다. 아까부터 텔레비전에선 노래가 흘러나온다.

—할머니, 이 노래 제목이 뭐야?

—이거, 심수봉. 백만송이 장미.

아, 백만송이…… 백만송이 장미. 아름다운 노래였다.

이유를 알 수 없이 조금 서글픈 마음. 나는 열두살이었다.

　　종종 이 날을 떠올린다. 아니 나는 이 장면 속으로 들어간다. 기억에 기억을 덧댈수록 또렷해지는 열두살의 일요일 아침 속으로. 할머니와 한 이불에서 잠을 자고 일어나던 작은 방이 말한다. '여기가 나의 기쁨이야' 내가 나에게 일러주듯. 그날의 빛과 소리와 향기를 재생한다. 소박한 아침. 내 몸만 한 기쁨이 내 안에서 출렁인다. 여기가, 나의 기쁨이야.

　　나의 기쁨의 장소에는 할머니가 있다. 잠이 오지 않을 때면 할머니와 나란히 누웠던 어린 날의 밤을 생각한다. 할머니의 따뜻하고 부드러운 몸을 떠올린다. 하나하나. 조각조각. 할머니가 가까이에서 다시 움직이는 것 같다. 향긋하고 맑은 생강차. 뜨거운 차를 호록호록 마시는 할머니의 새벽. 재봉틀 앞에 앉아 있는 할머니 뒷모습. 재봉 소리. 발, 발, 발 달리는 듯한 노루발 바늘 소리. 알약과 물 한잔. 약포지를 뜯는 소리. 때때로 누군가와 소리 높여 싸우는 당당하고 성난 목소리. 눈썹. 귓불. 손톱. 무릎. 느리고 선명하게 할머니로 가득 차는 밤. 슬그머니 뜨거운 눈물이 흐를 때도 있지만 마냥 어둡지만은 않은 밤이다. 할머니와 나란히 누워 있는 기분. 잠을 기다린다. 옛집의 문이 하나하나 열리기 시작한다.

우리 집은 자주 이사를 다녔다. 다섯살까지 살던 성내동 이층집을 떠난 뒤로, 집은 점점 작아지고 좁아졌다. 집으로 들어서던 골목, 대문, 계단, 뒷문…… 각 집의 부속들이 선명히 떠오르다가도 여러개의 집이 하나의 집처럼 기억 속에서 뒤섞이기도 한다. 기억이 새로운 집을 짓는다.

물론 선명히 기억나는 곳도 있다. 열한살부터 중학교에 입학할 때까지 살던 집. 그 집의 다락과 나무 계단 냄새를 생생하게 기억한다. 낮게 매달린 알전구. 주홍빛으로 밝아지던 필라멘트. 학교가 끝나면 교과서를 안고 올라갔다가 이내 낮잠에 빠지던 곳. 다락에서 읽는 교과서에는 신비롭고 아름다운 이야기가 가득했다. 수업 시간엔 도무지 알 수 없던 이야기를 그곳에서는 알게 될 것만 같았다. 그건 진짜 아는 것과는 달랐지만. 때로는 알고 싶은 마음이 진짜 아는 것보다 더 중요하니까.

또 하나, 그 집 뒤편으로 연결된 숲과 언덕. 나중에 알

앉지만 그 숲은 근처 병원에 딸린 산책로였다. 숲에 앉아 있으면 모든 것이 새로웠다. 향긋하고 깨끗한 바람이 불어왔다. 귀여운 우산이끼, 튜—이튜이 우는 직박구리, 회양목, 산딸나무, 배롱나무…… 나는 왜 여기서 태어나지 않았을까. 왜 이 조그맣고 단단한 돌멩이로 태어나지 않은 걸까. 알 수 없지만 알고 싶은 마음으로 숲에 앉아 있던 열한 살의 어린이, 그게 나였다. 나는 숲을 좋아하는 나를 좋아했다.

　　몇몇 친구들의 집도 떠오른다. 문구점이나 세탁소에 딸린 작은 방에 살던 친구들의 집. 누구야, 부르면 작은 방에서 빼꼼 얼굴을 내밀고 신발을 구겨 신고 나오던 친구들의 집. 한번도 초대받진 못했지만 친구가 걸어 나오는 그 집은 늘 따뜻해 보였다. 세간이 여기저기 쌓여 있고 장사가 끝난 밤에는 티브이 소리가 낮게 흐르고 식구들이 한 이불 위에 조르르 누워 곤하고 순하게 잠이 드는 방. 서로의 발이 닿고 손끝이 닿고 숨결이 섞이는 방. 문구점의 요정들이 밤을 지키고 깨끗하게 세탁된 옷들이 어둠 속에서 빛나는 내 친구들의 집. 정다운 내 친구들의 집.

이 모든 기억 속의 집은 훗날 시의 공간이 되어주었다. 시를 '쓴다'고 생각하면 막막하고 어려웠지만 허구의 공간을 그린다고 생각하면 조금 덜 두려웠다. 내가 만든 공간 안에 화자의 숨결을 채워가는 시간은 신비로웠다. 내가 그린 숲, 내가 지은 집, 내가 빚은 여름과 겨울이 숨을 쉬기 시작한다.

시를 쓰는 것만큼 다른 사람의 시를 읽는 것도 어려울 때가 많다. 잘 읽어내고 있는 것일까 흔들릴 때마다 더 느리게, 그저 바라보기로 한다. 침착하게 자세를 바꾼다. 한번에 다 읽으려 하지 않고 아침 먹고 읽고, 점심 먹고 읽고, 저녁 먹고 읽고. 산책하며 읽고, 멈춰 서서 읽고, 잠들기 전에 읽고 또 한번 다시 읽고. 손으로 옮겨 쓰거나 소리 내 읽어보기도 한다. 무엇보다 단어 하나하나, 문장 사이사이를 나의 상상과 경험을 더해 느껴본다. 시 속에서 숨을 쉬듯 시의 공간을 충분하게 느껴본다. 시 속의 공간은 이야기의 주제와 지배적인 분위기를 전달하고, 인물의 감정을 대변하며, 나아가 작가 자신이 경험한 시대와 장소를 뛰어넘어 독자를 새로운 시공으로 안내할 수 있다.

달빛,이라고 시가 말할 때 달빛 아래 만난 나의 첫 고양이를 떠올리고. 달빛,이라고 시가 말할 때 사랑의 손을 잡은 여름공원을 떠올리고. 달빛,이라고 시가 말할 때 숨 막히게 가슴 아팠던 겨울 골목과 흰 개를 안고 소원을 비는 가을밤을 떠올린다. 무엇보다 달빛,이라고 시가 말할 때 내가 경험하지 못한 무수한 밤을 힘껏 상상해야 한다. 그건 내가 모르는 달. 그건 내가 아는 달과 얼마나 같고 또 얼마나 다를까. 알 수 없지만 알고 싶은 마음으로. 달빛,이라고 시가 말할 때 내가 모르는 달은 이지러지고 차오른다.

시를 읽는 건 내가 모르는 게 너무 많다는 걸 알아가는 일 같다. 내가 모르는 게 너무 많으니까 이대로 낙담할 것도 달관할 것도 포기할 것도 없다는 것을 배우며 기쁨을 진중하게 슬픔을 담대하게 바라보는 훈련 같다. 단련할수록 나아질 거라고 기대하면서.

모르는 것이 있음. 이 한계에서 또다른 문이 열린다. 시는 내가 모르는 것이 있다는 걸 끝없이 일러준다. 모르는 것을 모르는 채로 다만, 알고 싶은 마음으로 시를 쓰는 일, 새로운 공간을 짓는 일, 그러니까 시 쓰기는 나의 세계를 확장하는 또 하나의 방법이다. 시를 읽고 쓸 때 나의 세계가 한겹 부풀어오르는 것을 느낀다. 조금 넓어진 그곳에서 깜빡 잊고 있던 기쁨을 발견하고 장난을 치고 소박한 웃음을 지으며 나는 시를 쓰는 그 순간을 더 사랑할 수 있다. 두려움도 절망도 없이 정말 사랑할 수 있다.

잠이 오지 않는 밤, 할머니는 곁에 없고 심수봉의 노래도 들리지 않지만. 지금 내 곁에는 나의 발을 따뜻하게 덥혀주는 사랑이 있다. 옆에 두고 내 안의 집에 대해 밤새 떠들어도 좋은.

—옛날 옛날에 그 방에서 말이야……

내가 말하면, 나의 사랑이 잠을 참으며 졸린 목소리로

—옛날 옛날에 내 방에서는 말이야……

끝나지 않는 이야기를 이어가며.

우리는 세상 어디에도 없는 이상하고 아름다운 집을 지어가도 좋겠지. 어서 와, 여기가 우리 집이야. 나를 환영해주는 집. 집에게도 집이 필요하다면 기꺼이 내가 집이 되어주고 싶다. 사랑이 새로운 집을 짓는다.

지금 남편은 잠들어 있다. 검은 개와 흰 개도. 모두가 잠든 고요한 집을 더 고요하게 바라보는 이 시간이 좋다. 나중에, 아주 나중에, 오늘 밤의 이야기를, 옛날이야기가 된 이 모든 이야기를 들려줄 수 있어도 좋겠다. "옛날 아주 먼 옛날" 이야기를 시작할 때, 좋은 향이 퍼지기 시작하고 듣는 이가 누구든 그의 발이 따뜻해졌으면 좋겠다.

한번 안아줄게

"눈이다." 하늘을 올려다보며 혼자 말했다. 가벼운 눈송이. 하나둘 느리게 내려앉더니 제법 눈발이 흩날리기 시작했다. 속눈썹 위로 눈송이가 내려앉았다. 두 눈을 깜박, 또 한번 깜박. 과일가게에 가던 길이었다. 밤을 한 소쿠리 샀다. 집으로 돌아와 찜기에 물을 올리고, 창밖엔 여전히 눈이 내리고. "내 손으로 밤을 사서 다 쪄 먹고. 내가 이렇게 멋진 어른이 되다니." 밤알을 씻으며 중얼거릴 때 옆을 지나던 남편이 웃는다. 혼잣말이라 생각했는데, 조금 크게 말한 모양이지.

풀풀 증기가 이는 주방엔 벌써 단내를 맡은 검은 개가 앉아 있다. 밤이 다 익을 때까지 자리를 지키는 검은 개의 뒷모습. 조그만 털복숭이가 저렇게 늠름한 개가 되었다니. 밤이 다 익을 때까지, 나는 개의 기다림을 지켜본다.

잘 익은 밤을 개와 나누어 먹고. 귤도 두어개 함께 까 먹고. 싱그러운 겨울 귤. 소란 언니가 보내온 귤이었다. 손 끝에서 풍기는 귤 향처럼 달고 귀한 말을 들려주는 언니. 달콤한 밤을 언니에게 주고 싶다 생각하는 사이, 눈 그친 창밖이 희고 환하다. 조금만 더, 마음을 밝혀볼까. 마음에 품은 다디단 말을 꺼내어볼까.

속마음을 털어놓고도 부끄럽거나 후회되지 않을 때 가 있다. 몇 사람의 얼굴이 떠오른다. 다정히 눈을 맞춰준 사람. 커다란 귀가 되어준 사람. 미워해야 할 것을 뜨겁게 미워했던 사람. 내가 아픈 곳을 말할 때 꼭 고치지 않아도 괜찮다고, 나의 고통을 치유의 대상으로 바라보지 않던 사 람. 그런 사람들을 마주할 때면 생각한다. 이거였구나. 내 가 되고 싶던 근사한 어른. 몸으로, 시간으로, 사실로 보여 주는 사람들. 쓸쓸해질 때면 보고 싶어지는 사람들. "용건 없는 안부예요." 불쑥 인사를 건넬 수 있다는 것만으로도, 거기 있어주는 것만으로, 불안을 잠재워주는 사람들. 그렇게 사랑하는 사람들이 내게 있다.

때로 글을 쓰는 일이 모르는 사람에게 속마음을 털어놓는 것 같아 두려워질 때가 있다. 내가 드러나는 일, 나를 보여주는 일, 내 목소리를 내는 일이 이렇게 어려울 줄 알았다면 시작조차 하지 않았을 텐데, 후회할 만큼.

첫 시집을 내고는 꼭 마음에 폭 팬 자국이 생긴 것 같았다. 여러 이유가 있겠지만, 내막을 고백하기에 나의 이야기는 여전히 뒤엉켜 있다. 끝내 고백할 수 없는 것을 간직한 채 고백을 이어가는 목소리에는 무력이 묻어 있고, 그럼에도 이어가는 목소리는 얼마나 간절한지. 언제나 나를 사로잡는 건 절실함이었다. 언제나 나를 바로잡은 것이 나를 사랑하는 사람들의 절실한 진심이었듯이.

글쓰기는 나의 이야기가 원하지 않는 방식으로 수신될 수 있다는 걸 새삼스럽게 배우는 일이기도 했다. 내가 무엇을 놓친 것일까, 무엇을 잘못한 것일까, 긴 산책을 이어가야 했다. 첫 시집을 읽은 몇몇 독자들의 리뷰를 읽으며 마음이 쿵, 내려앉을 때도 있었다. 내 인생이 가엽고 기구하다거나, 가족 이야기에 머물러 세계와의 연결이 미숙해

보인다거나, 반복되는 가족 이야기가 지루하다는 이야기들. 예상하지 못한 것은 아니었지만, 그걸 눈으로 확인하는 건 또 다른 일이었다. 평가 하나하나에 이렇게 마음이 쓰이다니, 역시 나는 작가가 되기엔 부족한 게 아닐까 덜컥 겁이 나기도 했다.

　시의 화자는 모두 내가 만들어낸 인물이었지만 나에게 그들은 완전한 허구의 인물은 아니었다. 나와, 내가 사랑하는 사람들과, 내가 사랑할 수밖에 없는 사람들을 조금씩 닮은 인물이었으니까. 그래서 더 마음이 아팠다. 나의 화자가 불쌍하다거나 기구하다는 이야기를 들을 때면 욕심인 줄 알면서도 오해를 풀고 싶었다. 그들은 가여운 사람이 아니라고, 내가 보여주고 싶었던 건 그런 게 아니라고. 누군가의 삶을 편견으로 예단하지 않고, 평가하거나 판단하지 않고, 그의 것은 그의 것으로, 그의 시간 그의 슬픔 그의 멈춤 그의 후회, 그의 것을 있는 그대로 두고 그저 같이 가보고 싶었다고. 그를 바라보는 시선이 곧 자신을 바라보는 눈빛이 되고, 스스로를 지키는 기준, 또다른 용기가 될 수 있다고 믿었으니까. 독자들의 자유로운 상상을 응원하면서도 화자를 향한 동정의 시선만큼은 받아들일 수가 없었다.

자라오며 마주한 크고 작은 고백의 순간들이 있었다. 학교에 입학하면서부터 새 학기마다 가정환경을 조사받는 건 늘 괴로운 일이었다. 초등학교 3학년 때는 내가 엄마가 없다는 것을 알게 된 이후 나를 놀리던 같은 반 여자애가 있었는데 나를 대신해 그애와 싸워주는 좋은 친구들도 사귈 수 있었다. 친구 미소_{가명}는 내가 할머니와 살고 있다는 고백을 들은 날 나를 집에 초대해 설탕을 듬뿍 뿌린 토마토를 내어주었다. 미소의 집은 아주 작았고, 미소 또한 할머니와 단둘이 살고 있었다. 미소가 나에게 아주 달고 부드러운 것을 먹여주었을 때, 고백은 아무에게나 하는 게 아니라는 걸 처음 알았다. 조금 더 자라서는, 고백이 비밀을 공유하는 은밀한 기쁨이 되기도 했다. 몸의 변화에 대해 속삭이거나 좋아하는 누군가에 대해 털어놓을 때, 고백은 일종의 놀이였고 즐거움이었다. 첫 남자친구도 떠오른다. 돈이 없어서 자꾸 마음까지 가난해지던 나를 꾸밈없이 보여줘야 했던 스물한살의 나. 가난하다는 것이 얼마나 미안했는지, 두고두고 그런 것이 마음에 남는다.

어려서도 자라서도 고백은 연습이 필요한 일이었다. 고백해야 할 것과 아닌 것을 구별하고 고백의 순간을 적절히 선택해야 한다는 것. 고백으로 상대와 멀어지더라도 상처받지 않을 거라는 다짐과 용기. 고백은 그 모든 걸 감당해야 하는 일이었다. 이제 와 다시 그 시간을 산다면 그렇게까지 두렵지 않을 것 같지만 그건 이미 그 뜨거움을 지나왔기 때문이고. 여전히 고백의 적절한 온도를 가늠하는 건 어려운 일이다. 고백은 하는 사람보다 듣는 사람을 더 배려해야 하는 일이니까.

글로 하는 고백 역시 연습이 필요하다. 나의 이야기, 나의 시간, 나의 경험이 '상처'라는 이름으로 정의되었을 때 고백은 쓸쓸한 것이 된다고 생각했다. 이 쓸쓸함 때문에 꼭 필요한 고백이 침묵으로 이어지는 것은 아닐까, 그런 것이 두렵다는 생각도 들었다. 나 역시 수많은 오해를 품고 살면서 왜 모든 독자와 오해 없이 연결되기를 기대했을까. 나는 왜 이렇게 욕심쟁이일까.

어쩐지 이런 마음마저 다 고백하고 싶던 어느 여름밤

이었다. 소란 언니와 홍제천을 거닐며 이런 이야기를 이어가고, 언니는 가만가만 들어주고. 어디쯤이었을까, 연가교를 지나 '사랑'이라는 글자가 낙서처럼 적혀 있는 기둥 옆을 지날 때쯤, 언니가 말했다.

　—아무것도 아니야. 다 아무것도 아니야.

　그럴 때 언니 목소리는 꼭 깨끗한 바닷바람 같다. 숨이 트이게 하고 한순간에 시야가 넓어지게 하는 푸른 목소리. 아무것도 아니라니. 이상한 말이었다. 그건 나의 걱정과 두려움이 보잘것없고 무의미해서가 아니라, 나의 걱정과 두려움은 나를 조금도 무너뜨릴 수 없고 나를 해칠 수 없다는 믿음의 말이었다. 폭 패 있던 마음에 깨끗한 물이 차오르는 것 같았다. 조그만 웅덩이. 무엇이 들어 있는지 단번에 알 수 없지만 살아 일렁이는 웅덩이. 온갖 것이 생동하는 숨 쉬는 샘이었다.

　나는 종종 언니가 신기하다. 한두마디로 타인의 오랜 불안을 달래주는 힘은 어디에서 오는 걸까. 어쩌면 언니에게도 작은 웅덩이가 있는 게 아닐까. 혼자서만 들여다볼 수 있는 그 조그만 웅덩이를 어쩌면 언니도 품고 있는 게 아닐까. 만약 그렇다면 언니의 웅덩이는 한없이 맑고 깨끗할 것 같다. 그리고 언젠가 나도 누군가에게 이런 '언니'가 되어주고 싶다고 생각한다.

언니는 가벼운 마음을 품게 해주는 사람이다. 다 해내겠다는 막연함이 아니라 그저 눈앞에 것을 해내겠다는 정말 작고 작은 용기를 떠올리게 하는 사람. 그럭저럭 계속 글을 쓸 수 있을지도 모르겠다는 근사한 생각이 들었다. 언제든 내가 원한다면 그만둘 수 있다는 투명한 마음까지. 가뿐하고 가벼운 마음. 여름밤 천변의 물소리는 쉬지 않고 흘러갔다.

그날 이후로 언니와 같이 지나던 '사랑 기둥' 옆을 혼자 걸을 때에도 나는 언니의 산뜻한 말을 떠올릴 수 있다. 그리고 가만 생각한다. 어쩌면 나는 좋은 작가가 될 수 없을지도 모른다고. 그렇지만 그게 뭐 어떻단 말이지? 좋은 작가가 되기 위해 시를 쓰는 게 아닌데. 사랑받기 위해 시를 쓰는 게 아닌데. 좋은 작가가 될 수 없다고 생각할 때마다 나의 웅덩이가 찰랑이는 건 알 수 없는 일이다.

물론, 고백 같은 첫 시집을 내고 기쁜 말도 많이 들었다. 내가 들었던 달콤한 말은 언젠가 누군가에게 꼭 되돌려 주고 싶은 말이 되었다. "앞으로 갈 길 응원"하겠다는 메시지. "한번 안아줄게"라며 두 팔 벌려 내 앞에 서 있던 목소리. '언니' 같은 두 작가님의 다정은 두고두고 나의 자랑이 되었다. 또다른 누군가에게 이 말을 되돌려주기 위해서라도 지금은 더 고요해야 할 때라는 것을 알고 있다.

겨울 간식만큼 달콤한 말을 꺼내놓기에 좋은 겨울밤. 어쩐지 이 겨울을 보내고 나면, 나는 겨울을 조금 다르게 기억하게 될지도 모르겠다.

다음 겨울을 기다리는 마음으로, 아직 만나지 못한 미지의 화자를 그려본다. 그에게 꼭 달고 귀한 말을 들려주 겠다고 다짐하면서. 그 말을 들려주기 위해 내가 먼저 품고 있어야 할 달고 부드러운 것을 떠올리기로 한다. 날이 밝으면 토마토를 사 올까. 설탕을 살짝 뿌린 토마토. 한동안 겨울 아침은 토마토로 시작해도 좋을 것 같다.

아주 작은 이야기

초여름이지만 내리 비가 내려 며칠 산책을 못했습니다. 일각일각 예보를 살피다 잠시 비가 잦아든다는 뉴스를 확인하고 서둘러 집을 나섰습니다. 발길이 향한 곳은 아파트에 있는 나의 '계수나무 숲'. 새잎을 틔운 지 얼마 되지 않은 것 같은데 제법 무성했습니다. 나무 아래를 걸으며 다가올 장마를 걱정했습니다. 오래전 저는 수해를 입은 경험이 있거든요. 이후로 장마철이면 이재민의 소식이 남 일처럼 느껴지지 않습니다. 열댓그루 남짓의 나무로 이루어진 숲을 서성이며 숲을 넓히고 잠시 옛 생각을 하다 단것이 먹고 싶어져 동네 떡집으로 걸음을 옮겨봅니다.

쑥 절편 하나, 꿀설기 하나. 떡집 사장님은 제가 집어

든 설기를 바로 나온 따뜻한 설기로 바꿔 담아줍니다. 두번 더 감사 인사를 하고, 동네 커피 가게로 향했습니다. 원두 200그램과 비건 라테를 들고, 다시 걷습니다.

비에 젖은 나무 아래를 걸을 때 새소리는 조금 다르게 들립니다. 무언가 중요한 이야기를 나누는 것 같고, 조금 더 분주하게 느껴집니다. 바람에 은행나무가 머금고 있던 빗방울이 소낙비처럼 쏟아지기도 했습니다. 그러고 보니 식물마다 빗방울을 머금은 모양이 제각각이에요. 비비추는 넓은 이파리 면면 모두 젖어 비를 흘리고, 금천나무는 잎의 가장자리마다 물방울을 장식처럼 달고 있습니다. 같은 비를 맞아도 저마다 다르게 젖는 것이겠죠.

큰비에도 아파트 화단의 화초들은 상한 곳 없어 보입니다. '대단하다. 대단해 너희들' 속엣말을 하다 낙엽과 꽃잎이 엉클어진 화단 틈으로 샛노란 사탕 껍질 하나가 눈에 띕니다. 문득 저 사탕 껍질을 주인공으로 한 동화를 쓰고 싶다고 생각했습니다. 눈 떠보니 어떤 연유인지 모른 채 외따로 화단에 떨어진 사탕 껍질의 여행기. 지금 내가 이곳을 혼자 걷고 있는 것처럼요. 머릿속으로 이야기를 엮어가다

지나치는 사람들의 발소리, 말소리, 느리게 스치는 세발자전거에 마음을 뺏겨 또다른 생각에 빠집니다. 산책하며 떠오르는 생각은 날쌘 긴팔원숭이처럼 여기저기 잽싸게 매달렸다 금방 또 다른 곳으로 재빨리 사라집니다.

아까부터 나를 앞서 걷는 엄마와 어린아이는 무슨 일인지 서로에게 퉁명합니다. 잠시 실랑이를 벌이는 것 같더니 엄마가 휙 돌아서 내 쪽으로 걸어오고, 아이는 멀어지는 엄마를 보고 서 있습니다. 엄마의 표정은 고단해 보이고 화가 나 있어요. 아이는 엄마의 표정을 보지 못하지만 등 돌린 걸음에서 이내 상황을 파악하는 것 같았습니다. 아이는 아주 큰 결심을 한 듯 엄마를 향해 힘껏 달려와 엄마 손을 붙잡습니다. 엄마의 표정은 여전히 피로하고, 아이는 결연해요. 떨어지지 않겠다는 듯, 꼭 붙어 있겠다는 듯 엄마를 올려다봅니다.

둘의 사연을 나 혼자 지어내다가 다른 모자도 만났습니다. 노란 유치원 버스에서 내리는 아이를 반겨주는 엄마가 보입니다.

—엄마가 이거 샀뒀다?

—뭔데?

—뭐어게에? 맞혀봐.

—음(웃음, 웃음, 계속 웃음)

—짠!

엄마가 내놓은 것은 아까 내가 산 것과 같은 꿀설기! 아이는 떡을 받아 들고 앞니 빠진 자리가 다 보이도록 웃습니다. 내가 떡을 받은 것도 아닌데, 나도 기쁩니다. 나의 어린 날에도 이렇게 사소한 평화와 기쁨이 흩어져 있을 것 같았거든요. 너무 사소하고 잦아서 일일이 기억하지 못하지만 분명히 반짝이던 기쁨들. 짧은 산책 기록을 남겨두는 이유도 여기에 있습니다. 편안함을 주는 기쁨은 아주 작고 희미하고 가볍다는 것을 되새기기 위해서요. 이 기쁨이 쉽게 잊힐 것도 알기에 기록의 힘을 빌려봅니다. 다시 꺼내 읽을 때 말랑하고 따뜻한 떡이 눈앞에 살아날 것을 아니까요. 그날 내 마음이 얼마나 편안했는지, 비를 걱정하던 마음은 이제 얼마나 고요해졌는지 알아챌 수도 있죠.

산책은 멀리 나아갈 때보다 자주 멈출 수 있을 때 더 즐겁습니다. 되돌아설 지점을 알고 돌아서는 순간, 부풀어

오르는 나쁜 생각은 머릿속에서 아주 커다란 기위로 뚝 잘라 버려두고, 거리에 널려 있는 반짝임에 마음을 홀랑 빼앗겨버리는 것. 산책은 곧 멈춤 같아요.

어린 시절의 강렬한 기억들은 내 방에 차오르던 빗물처럼 무섭고 어둡지만, 보이지 않을 만큼 작은 기쁨의 순간이 나를 지켜왔다는 걸 모르지 않습니다. 사실 가장 행복했던 순간은 특별할 것 없는 작은 순간들이었어요. 식구들이 둘러앉아 저녁밥을 먹는 시간, 식기가 부딪치는 소리와 갓 지은 밥을 퍼 올릴 때 피어오르는 하얀 김, 흰 쌀밥 냄새, 밥통 속에서 꺼낸 할머니의 달걀찜…… 이런 것들이라면 몇 날 며칠 밤새도록 말할 수도 있고요. 특별히 자랑할 것도 대단할 것도 없지만 나의 중심이 되어주었던 순간들. 이런 순간은 접착력을 가지고 있어요. 온전하고 안전하게 이 세계에 나를 붙들어 맵니다. 친밀하고 다정한 마음, 유대를 배우는 건 이 짧은 순간들 속에서예요.

비가 차오르는 집, 다 젖어 굽어버린 책, 망가진 세간을 바라보고만 있던 순간도 기억하지만, 울고 난 뒤 걸레를 빨고, 책을 펴 말리고, 흙탕물을 닦아내고 다시 닦아냈던 순간도 기억합니다. 수없이 걸레를 빨고 다시 비틀어 물기를 짜낼 수 있었던 건 나를 붙들어 매던 순간들이 있었기 때문이에요. 할머니의 노란 달걀찜을 떠올리는 것만으로도, 지금은 없지만 '있었던' 순간만으로도 젖은 것이 마를 때까지 기다릴 수 있었습니다. 젖지 않았다면 참 좋았겠지만, 두 발에 차오르던 빗물의 감각을 꿈에서도 잊을 수 없지만, 신기한 일이에요. 나를 붙들어 매는 순간들은 여전히 내 곁에서 숨쉬고 있으니까요. 꿀설기는 많이 달지 않고 참 맛있었습니다.

첫 산문집입니다.

기억을 되살피며 소중했던 시간을 한번 더 누릴 수 있어 즐거웠습니다. 쓰기를 멈추고 다른 일을 할 때도 어느새 제 마음은 이 이야기들에 붙들려 늘 무언가를 쓰고 있다는 착각이 들기도 했습니다.

무엇보다 어린 나와 지금의 내가 다르다는 사실을 마침내 이해하는 시간이었습니다. 독자 여러분과 나누고 싶었던 이야기가 바로 이 변화였다는 것을 이제야 알 것 같고요. 오직 내가 쓴 문장을 통해서만 닿을 수 있는 낯선 곳이 있다는 것이 근사하게 느껴집니다. 더 정교하게 또다른 변화들을 기록해보고 싶어졌습니다. 다음은 어떤 모습일까요. 의연해지고 싶습니다.

이 책은 박지영 선생님께서 제 안의 '어린이'에게 안부를 물으며 시작되었습니다. 응원을 더하는 이해인 선생님의 기획으로 용기 내어 써볼 수 있었습니다. 섬세한 시선으로 함께 원고를 읽어주신 한예진 선생님, 바쁜 나날에도 기꺼이 시간을 내어 추천사를 보내주신 이다혜 작가님께 깊이 감사드립니다. 한권의 책을 만들기 위해 많은 분들이 애쓰시는 현장을 가까이에서 보았습니다. 도움을 주신 모든 선생님들께 존경과 감사의 마음을 전합니다.

또다른 여름입니다.

이 책을 품에 안고 보고 싶었던 사람들과 반가운 안부를 나누고 싶습니다.

빛과 바람, 돌멩이와 언덕에게

마음이 닿을 수 있다면 좋겠습니다.

2024년 5월

검은 개 흰 개와 함께 최지은

에세이 &

우리의 여름에게   초판 1쇄 발행 2024년 6월 7일

지은이 최지은
펴낸이 염종선
책임편집 박지영 한예진
조판 박지현
펴낸곳 (주)창비
등록 1986년 8월 5일 제85호
주소 10881 경기도 파주시 회동길 184
전화 031-955-3333
팩시밀리 영업 031-955-3399
         편집 031-955-3400
홈페이지 www.changbi.com
전자우편 lit@changbi.com

ⓒ 최지은 2024
ISBN 978-89-364-3954-5 03810